o convidado desconhecido

Olivier Cadiot

o convidado desconhecido

Tradução de
Luciano Loprete

Estação Liberdade
ATITUDE

Título original: *Le Colonel des Zouaves*

Revisão e preparação Marcelo Rondinelli e Angel Bojadsen
Composição Marcelo Higuchi / Estação Liberdade
Capa Nuno Bittencourt / Letra & Imagem
Produção Edilberto F. Verza

A Coleção Latitude é dirigida por Angel Bojadsen e Ronan Prigent

Cadiot, Olivier,
O convidado desconhecido / Olivier Cadiot ; tradução de Luciano Loprete. — São Paulo : Estação Liberdade, 2000. — (Latitude)

Título original: Le Colonel des Zouaves.
ISBN 85-7448-033-9

1. Ficção francesa I. Título. II. Série.

00-4250 CDD-843.91

Índices para catálogo sistemático:
1. Ficção: Século 20: Literatura francesa 843.91
2. Século 20: Ficção: Literatura francesa 843.91

ESTE LIVRO, PUBLICADO NO ÂMBITO DO PROGRAMA DE PARTICIPAÇÃO À PUBLICAÇÃO, CONTOU COM O APOIO DO MINISTÉRIO FRANCÊS DAS RELAÇÕES EXTERIORES.

Editora Estação Liberdade Ltda.
Rua Dona Elisa, 116 – 01155-030 – São Paulo - SP
Tel.: (11) 3661 2881 Fax: (11) 3825 4239
e-mail: editora@estacaoliberdade.com.br
http://www.estacaoliberdade.com.br

Estranho / Não é uma rosa que toco /
É sempre você

1

O caminho transitável se iniciava logo depois do portão de ferro e prosseguia por vários quilômetros em meio às sombras. Não fossem as inesperadas faixas de pradarias cercadas por muralhas de cedros escuros, poder-se-ia imaginar que se estivesse penetrando um subterrâneo. Depois de inúmeras curvas, o túnel obscuro desembocava diante de uma fachada em estilo Tudor, feita com tijolos quase cinza, recheada de vidraças elisabetanas, com vitrais heráldicos.

Num arco perfeito e com um ligeiro rangido dos pedregulhos rastelados duas vezes por dia, *você faz a barba quantas vezes por dia? Duas vezes, não é? Seja bom com todo mundo assim como você é com você mesmo, OK?*, a Aston Martin DB4, dezesseis camadas de pintura marinha, parou diante da escada de dois lances. Um homem longilíneo, calçando um par de mocassins de automobilista, de pecari, e vestido com calças afuniladas, do tipo jodhpur, paletó de tweed e camisa branca de colarinho aberto, salta por cima da porta do carro e quebra o tornozelo.

— *Há-há! Da próxima vez traga um dublê, hein!* urra M, do alto da escadaria, afastando-se para deixar passar uma escolta de valetes fantasiados de enfermeiros.

O cortejo entra no hall dominado por uma vidraça e baixa a maca sobre um sofá entre duas palmeiras plantadas em vasos chineses de porcelana azul.

— *Quando você mancar, vai se lembrar de nós, não é mesmo? Olhe isso* abrindo a camisa e mostrando uma enorme cicatriz azul *isso sempre me lembra Normandia-Niemem,* dando um tapa afetuoso no convidado desconhecido de olhar alucinado + rosto empalidecido. *Deixe-me ver,* rasga suas calças, *mas não grite assim, não foi tão sério, que diabo! Vamos lhe achar um disfarce decente para o jantar.*

Dressing-room, encontrar calças e também um paletó combinando nas medidas do ferido que, calculei a olho, 80-25-57.

Aproveito para lembrar ao assistente, em seu primeiro dia, um certo número de princípios que devem ser observados a todo custo, como: 1. Unidade e Economia: "os pratos devem visar a objetivos comuns de sabor". O que não quer dizer diminuir o sabor de um prato por uma idéia banal, jamais, cuidado, mas aceder a um gosto superior por meio de um hábil jogo de bate-bate com as mãos (é o caso de dizer), que transcende os contrários, evitando a combinação entre alhos e bugalhos, que tanto nos aflige atualmente; 2. Sacrifício: "saber renunciar a achados estéticos puros em benefício de uma eficácia superior". Evitar o hiper-realismo ultrajante como a reconstituição de um cérebro em forma de couve-flor para servir miolos, tortinhas de espinafre em volta de um peixe para simular a água e outras cretinices do gênero, insisto entre parênteses, elevando a voz para gravar em sua memória; 3. Serenidade: em caso de dúvida, ficar com a solução moderada.

Ele me encara com olhos vazios e leitosos, a boca aberta e úmida, pronta para engolir uma mosca de passagem. Abandono a lição. Pegue para mim aquele ali, o amarelo.

O amarelo rápido.

Mas que maria-mole que você é meu filho. É melhor engatar uma segunda. Isso aqui não é uma casa de repouso.

É a única coisa que isso aqui não é mesmo.

Melhor entender isso bem rápido se você quiser levar uma vantagem que os outros já obtiveram antes por acúmulo de bons e leais serviços: a tranqüilidade.

Escolho um terno esporte amarelo pálido com listras finas que deverá ficar mais ou menos adequado. Embora pudesse escolher aquele cinza claro e desmanchar a bainha para encompridá-lo, o que sempre é delicado, por causa da barra, mas não tenho mais tempo para tergiversar, toque de campainha *triin* emergência.

Hoje em dia, deve-se mudar de mentalidade, não basta trabalhar mais, mas <u>melhor</u>. Foi o próprio trabalho que mudou. Foi-se o tempo do *senhor, encontrei um lugar* e pumba numa maca para a eternidade.

Esse novo empregado deve estar com um Alzheimer precoce ou foi picado pela tsé-tsé, ele me olha como se uma bigorna tivesse acabado de cair em sua cabeça.

Serviço total, nem pensar na idéia de um benefício imediato, prossigo.

Isso quer dizer que nunca se deve esperar um obrigado, está entendendo?

Nem um elogio sequer.

Leve esse terno lá para baixo em quarta triin-triin vamos sebo nas canelas upa-upa triin-triin triin upa-upa.

2

Isso. Descanse até a hora do jantar. No primeiro toque do gongo, a postos. No segundo, para a mesa. Não é nada complicado, espero. Você vai achar um smoking em seu quarto, dizia M ao convidado desconhecido que jazia numa espreguiçadeira de lona armada no hall.

— *Que está resmungando? Como, os outros? Sim, sim, todos já estão aqui. Cada um em seu quarto. De ônibus, é, ontem à noite. Como? De "pullman" se prefere assim, não é o caso de se aborrecer com a gramática, não é? Caminhão a motor está bem? Se o Coiso veio? Não, o Coiso não veio. O Coiso não respondeu ao convite. Sua mulher tampouco. Você gosta dela hein? Ah as morenas! Que fogo, que fogo.*

— *Confuso / vergonhoso / ridículo / aflito /* os lábios do ferido deixam escapar assobios curtos como se tivessem cortado suas frases em pedaços. *Minha / minha / perna / ca calça muito apertada / tombo bobo / 2,03 m em Fosbury no entanto da outra vez / sinto pelo transtorno / quebrado?*

— *Não, não, quando quebra dói muito mais. Não é nada. Deixe-me ver meu querido. Claro que o pé está horrível, dolorido claro. Dói aqui?*

Urros.

— *Claro, ah é. Claro que você é quem sabe, mas é melhor operar imediatamente, senão gangrena. E aí aquilo sobe em quinta marcha, você vai ficar tão preto quanto um zulu num piscar de olhos. Enquanto que se cortarmos antes, podemos salvá-lo. Tome, beba isto* enfiando-lhe a garrafa de conhaque verticalmente na boca e pegando uma serra com a outra mão. *É um momento, como diria, difícil, mas depois "Ressurreição". Senão serão os vermes.* O sangue espirra no sofá e nosso convidado já estava com os olhos revirados antes que M terminasse de serrar o osso e que o assistente derramasse o resto do conhaque-desinfetante sobre o toco da perna.

A DB 4 freia em cima. O convidado desconhecido abre a porta e sai dignamente.

Estica as pernas e enfia os óculos, dobrados com um gesto rápido, no bolso superior esquerdo de seu paletó de flanela grafite. Antes de responder aos meus respeitosos cumprimentos com um único gemido surdo, aponta com o dedo o porta-malas, gira os calcanhares e me volta as costas observando a paisagem. Leve bruma de fim de tarde, são 18h45, o jantar será servido dentro de 105'.

Durante um tempo, nada acontece. Repouso, nada durante alguns minutos. Vai dar certo, respiração normal, não acontece nada de extraordinário. Ele não quebrou o tornozelo.

Nenhuma marca dos pneus no caminho.

Tudo vai bem.

Os dois braços esticados sobre a roupa, mãos soltas, respirar. Respirar, estender as mãos, respirar. Flexão, opa, olhos no horizonte, esterno relaxado, descansar.

3

— *Traga-me um copo!* acordo assustado. Conversão a 180 graus, abertura da porta de serviço escondida. Melhor acordar rapidamente. Caprichar demais estorva.

Descida ultra-rápida da escada em caracol reservada para emergências, chegada ao bar em 23 s 10/100, não consigo mais fazer os mesmos tempos.

Estou perdendo velocidade.

Um bom meio quilo de cubos de gelo bem seco na coqueteleira, jato de vermute. Filtrar uma primeira vez, tripla dose de gim + giro da colher, filtrar novamente, os cozinheiros me olham de forma estranha. Verter. Colocar o copo na bandeja, enganchar o elevador de pratos de roldana que se abre automaticamente ao chegar até um painel móvel da biblioteca. Avançar sem pensar em nada, o olhar fixo nos enormes flocos de neve que cercam os quadrados das janelas assírias do salão em ângulo.

Meia-volta à direita, direita. Fixo, estender a bandeja.

— *Hitler dizia da gente: é um país de camponeses que pode eventualmente garantir algumas produções no setor da moda*, está dizendo M, falando para o teto com a cabeça encostada no sofá de pingentes, *e ele não estava errado, embora as coisas tenham mudado. Mas nem tanto assim, não é mesmo?* Olhar de esguelha.

— *Seríamos todos kolkosiano-putas ou (...) fazendeiros-colecionadores?* prossegue M com os olhos no céu, *ou criadores, se considerarmos que negociar as coberturas para o Prêmio Sei-Lá-o-Quê seja uma atividade rural ou que colecionar consoles Boulle se limite a um capricho estilístico.*

— *Consoles Boulle a 10 milhões de libras*, acrescentou um homenzinho crânio alongado, traje Pickwick-club, gravata borboleta, óculos metal.

— *Dzing-bum-bom tagadá*, urra o convidado desconhecido, atravessando bruscamente o salão com passo de ganso.

Risos educados e retomada da conversa por pequenos grupos.

— *Ele não estava errado*, prossegue o convidado desconhecido empoleirado numa escada dobrável, *hoje chamam a isso ZA, zonas artesanais, os caras estão em seu meio, marceneiros, fabricantes de marionetes, cerâmicas de todo tipo. E acreditem que tudo isso fica misturado não preciso fazer um desenho para explicar, puxa. Todos barbudos e não ficam só chupando sorvete, garanto e (...)*

— *Já sabemos*, interrompe-o uma mulher de cabelos brancos, *já apareceu numa reportagem sobre nudistas.*

— *Fazem suas compras pelados com sandálias de frade. Na seção de carnes, é "ton sur ton"*, insiste o Pickwick de óculos.

— *É exatamente o que eu queria dizer*, continua o convidado desconhecido num suspiro. *Exatamente isso. É um pouco assim que eu vejo as coisas. Tenho a mesma impressão que vocês (...). É bom sentir as mesmas coisas que os outros, a gente logo diz que tem razão, é uma impressão extraordinária e, como poderia dizer... eu pessoalmente acho que se deveria hãã...*

— *Uaaah,* corta M num pseudobocejo a fim de brecar sua efusão.

Ainda estou no meio do salão. O escutar decresce. Controlo os freios, o dedo na bandeja. Passagem pelo tapete vermelho.

Engripo a sola crepe aderência máxima. Avançar reto fixando com dignidade a linha guia que liga um ponto da parede à janela central já obscurecida pelos flocos de neve.

Como podem se depositar em camadas iguais sobre todas as asperidades da fachada se seus deslocamentos são não previsíveis (o vento, etc.)? *E aí? esse copo é para daqui a 107 anos?* me interrompe bem no momento em que eu estava a ponto de encontrar uma explicação tão luminosa quanto a dos grãos de areia, *que faz você plantado aí desse jeito?* urra M.

4

Atravesso os metros vermelho persa que me separam dele.

Olhada rápida em imagem em livro aberto na mesa.

Absorção profunda opa. Caixa: 80 x 45 x 20 contendo um jardim miniatura, circundando um tanque, cercado pelas paredes da caixa que são como seus muros. As folhas das árvores de cobre oxidado são grandes demais para o tronco.

Sicômoros, diz a legenda. 11ª Dinastia.

Maquete? Para fazer o quê? Dinastia de quê? E os pássaros microscópicos que estariam escondidos nessas enormes folhas, como fazem?

Eu queria estar lá com eles. Estou tão bem. Lá estou, lá eu fico. É a vida que sonhei, agarro os galhos como um trapezista agarra o balanço.

Como se deve fazer.

Estou do outro lado, dentro da cavidade cheia de ar no vazio oculto atrás do verde. Estou naquela reserva da natureza, esquecido dos recenseamentos, tenho penas comuns, em um minuto vou começar a cantar "Ufa, agora eu sou o Rob", vou cantar, escute, estou cantando — *Que é que vocês estão fazendo aí com uma boca de cu de galinha dessas?*

— *Que é que estão fazendo? Ah, agora o senhor está interessado em arte egípcia?* Olhada circular sobre a assistência em círculo + olhos para o céu. *Que não é arte, aliás, estritamente falando, já que ela é antes de tudo funerária, sejamos claros*, ele não pode deixar de divagar em benefício do público familiar e aliado. *Pegue esse livro, sim, sim, pegue-o, e depois venha me falar de "intercâmbios culturais".*

Continuo a lhe estender a bandeja com um discreto acomodamento do queixo terminado por um ínfimo sorriso de modéstia = não, não, o senhor sabe que eu nunca poderia, nunca, etc. Ele alcança o copo e bebe num só trago.

— *A luta de classes*, continua ele, pulando no pequeno estrado posto ali para a apresentação de músicos eventuais.

A luta de classes
supostamente é quando se está cada um por si

E quando se tenta ajudar os outros
não adianta nada

Há um momento em que as pessoas ficam adultas
e mastiga-se o trabalho delas
a troco de bananas

— *Muitíssimo obrigado, vai, tudo bem,* diz ele para mim, que, bruscamente abaixado, recolho uma possível cinza de charuto caída no chão, de quatro sobre o tapete. Mal ouço sua voz, tão perto estou do chão. *É uma loucura*, continua ele.

Na política é a mesma coisa
Você diz para as pessoas não fazerem isso
e elas fazem

Preveja o que elas vão fazer
e diga o contrário, etc.

— *É como a história do goleiro*, reforça o convidado desconhecido. *Se eu pensar que ele vai chutar para a direita, ele chuta para a esquerda, mas se ele sabe que eu sei que ele pensa chutar para a esquerda, ele chuta para a esquerda mesmo e vice-versa.*

— *Meu primo sempre me disse isso*, prossegue M ignorando a intervenção. *É um grande cretino mas tem suas visões de vez em quando. Embora seja tão raro que nem ele percebe. Acho que os gênios são assim. Ele sempre diz: As previsões não querem dizer nada. Por exemplo, ele diz para seus amigos: Não existem segmentos de marketing onde se possa parar ad vitam.*

Ninguém faz nada
e pronto, roubam sua idéia.

Durante aquelas detenções
diziam a todos, fujam senão vai sobrar para vocês

Eles ficavam
sem dúvida retidos por considerações
puramente materiais.

— *É de se perguntar como há gente que pode hesitar entre a vida e um par de poltronas,* prossegue ele sentando-se bruscamente cansado. *Ainda que pelos que são tratados como se fossem de plástico, até eu hesitaria.*

Estou deitado sobre os motivos do tapete central que traçam os caminhos de um labirinto verde e vermelho. Pode-se segui-los com os olhos colados bem perto. Passeio de míope à altura do pigmento das coisas.

Sou uma migalha nas sebes de lã verde, meu nome é coiso, treco, Rob, sei lá, sou engolido pelos caminhos do paraíso, canto com a boca fechada "Estranho / Não é uma rosa que toco / É sempre você". Não ouço mais nada. Sou uma migalha nas sebes de lã verde, meu nome é coiso. À esquerda. Sou uma migalha nas sebes de lã verde, meu nome é coiso. À direita. Sou uma migalha nas sebes de lã verde, meu nome é coiso.

Queria saber realmente para quem e para que serve
essa democracia das sensações
eu penso assim
e eu penso assado

É louca essa idéia
que todos devem dar sua opinião
de onde isso vem?

— *Sempre se sabe demais*, diz o convidado desconhecido.

Essa idéia é recente
"tudo e todos têm alma"
só falta deixar os patos e as galinhas votarem
o que você está fazendo aí?

— *O que você está fazendo aí?* Percebo lentamente que essa pergunta é para mim. Já longe, perdido nas alamedas das fibras verdes e vermelhas, quase no paraíso central, sem pisar as divisões, pulando amarelinha.

Sou uma migalha nas sebes de lã verde, meu nome é coiso. Sou uma migalha nas sebes de lã verde, meu nome é coiso. Cego entre as hastes, recolho a hipotética cinza de charuto e me vou.

5

Enfio minha roupa de meia-estação. Não esqueci de pendurar sob a camisa meu enorme *holster* de couro contendo ferramentas e aparelhos. Calças camufladas impermeáveis. Botas antiderrapantes com reforço de aço.

Colete com múltiplos bolsos, contendo chave de fenda de precisão, canivete múltiplo, colher + garfo dobrável, cantil superachatado para álcool 90 graus, agulhas, linha e bisturis de corte variável. Escolho o gorro Davy Crockett nº 5 para verão em pele de lince mais leve provido de máscara-filtro de ar dobrável por baixo dos protetores de orelha. Automática em caso de neblinas nefastas ou faróis ofuscantes e/ou agressivos.

Vara peso-mosca de bambu bifendido, 8 1/2 pés de ação rápida, luvas de direção meia-falange, óculos anti-UV com microcabeçote artificial dissimulado na armação que detecta ruídos até o mínimo ultra-som enviado por uma formiga subindo nas folhas de grama.

Depois de horas a correr pelas pradarias, saltando

muros destruídos e fossos cheios de urtigas, fico tranqüilo. Não aparece ninguém. Pelo menos ninguém que venha fazer o mesmo que estou fazendo.

Aqui estou, aqui eu fico.

Corro e canto "Oh minha queridíssima Valentaine ufa, ufa/ Ufa-ufa, corro pelos bosques de cedros azuis / Os galhinhos estalam sob o ferro das botas / Meu nome é John Robinson, filho de Rob / Sou o que vem das montanhas / Filho das grotas vermelhas / Ufa, ufa".

Estou caindo diante de uma queda d'água no fundo da grota verde.

A pequena barragem produz uma queda que oxigena a água e atrai ao mesmo tempo uma série de peixes alinhados ali embaixo como se fossem bombardeiros no céu.

Preparo uma vara de cinco pés e ação rápida, provida de linha de seda 34 terminada por um anzol de 10 ou 8 no qual enfio pelas costas um pequeno gafanhoto precedido por um pequenino chumbinho inglês. Arrasto-me pela relva em silêncio, com o nariz no mato, distendo meu braço entre os ramos no espaço projetando a linha de seda com rodilha, crac.

Meu ombro se projeta perigosamente na água, decido me abaixar o máximo, como só eu sei.

A paisagem se torna maior, a não ser por alguns corpos próximos que continuam na minha escala para que isso não fique parecendo um pesadelo.

O fino lençol d'água transparente que desliza como uma vitrina sobre as pedras se torna mais profundo. A potência do som aumenta.

Ruído de pedregulhos rolando + ruído de água espumando.

Tudo balança, a relva é feito árvores, as ribanceiras são falésias, as margens parecem florestas. Ando descalço entre os juncos de altura humana, corro. Canto: "No aroma / Quente dos prados / Hê-hê". Ombros engolidos pelo mato gigante. Carne perdida nos precipícios de picanços. Robinson é quem sou.

Puxo a linha com sacudidelas para dar uma aparência natural ao gafanhoto morto naquela superfície da fossa. Aumentando o oxigênio, a barragem ativa as partículas em suspensão na água. Pequenos fetos flutuando em suspensão na água fria, pretensos cadáveres para a esquadrilha emboscada.

Os peixes adoram esse plâncton imprevisto.

Eu também.

Puxo a linha com sacudidelas. O gafanhoto, depois de tanto tempo no mesmo lugar, parece com o que realmente é: um gafanhoto qualquer decapitado com cabeça de fios verdes. A barragem produz um som de botijão de gás em eterno vazamento, com as mesmas mudanças infinitesimais de pressão, como as diminuições de ritmo de uma serra elétrica no fundo do bosque.

Tudo parece tudo.

É magnífico.

A podridão que se acumula na ponta de todas as coisas semivivas tem o mesmo gosto adocicado do limo que se assemelha à gangrena de um braço que por sua vez se assemelha àquela terra amassada por uma tábua cujo gás de decomposição escapa noite fria afora.

É assim que vejo as coisas. É incrível.

Tudo está em tudo.

É demais!

Fixo a espuma clara que ainda persiste no escuro, mantendo na mente a pergunta que cada vez mais ocupa o espaço disponível nos meus pensamentos. Aquela que ainda persiste na negra claridade da espuma. Persistindo ainda aquela no negror-clareza da espuma. Pergunta.

A pergunta cada vez mais presente.

A pergunta: O que acontece com os peixes no escuro? E adormeço na relva.

6

Avanço ao longo da parede laqueada do grande corredor curvo com cuidado levando a bandeja. 300 m, burburinho crescente quanto mais me aproximo da sala de jantar. 200 m, inclinação compensada da bandeja em relação à curva. 100 m, burburinho, estou chegando.

Curva de 60 graus diante dos consoles, estalo de língua, abertura de portas por dois ajudantes dissimulados. Entro, luzes fortes, gritos.

— *Que liiiiindo, nossa!* O trio do fundo em uníssono gritou, *mas que lindo. Que belo espécime, hein!*

— *Pescado aqui? Bem aí na frente?* pergunta em agudo o convidado desconhecido, *nas suas fossas? Nesses tanques negros?*

— *No lago!* grita um tipo magro e superexcitado. *Bum, que luta!*

Foi-se o tempo em que havia carpas nisso que você chama de nossos "tanques negros", diz M, *e você nem desconfia como descreve bem já que essa represa data da Guerra dos Cem Anos, da época do Príncipe da mesma cor, e assim, em nossos "tanques negros", como você diz, e que alguns mais informados chamam de Fossos, havia grandes carpas que se comiam recheadas, e não recheadas com qualquer coisa, posso garantir, verdadeiras carpas-moréias.*

A mulher de cabelos brancos com tricórnio negro aplaude e agita a mão freneticamente com o polegar para baixo.

Risos.

Passo para a visão 180 graus, franzindo os olhos para reconstituir os rostos desfocados dos convidados que estão no ângulo morto, comparando as sombras com os nomes memorizados no desenho de distribuição à mesa.

Volto-me e deponho a bandeja na mesa de serviço. Duas breves respirações. Faço o tique do nariz por superstição *esquecerei as más recordações.* Faço a conversão e abordo a mesa.

Prato no lado esquerdo da convidada-mulher I a 7 cm de seus dedos, num suíngue que coordena o braço e o ombro projetando todo o peso do corpo para a frente. Terminando o gesto por uma translação invisível do pulso, convida a se servirem do peixe apresentado em curva para parecer a curva do rio onde fora pescado, mordendo um pitu, num leito de sêmola parecendo areia, opa!

Não deixarei cair a bandeja, estou segurando a bandeja com minhas duas mãos, não há problema algum. Sempre fui empregado.

Um sinal com a cabeça ao meu assistente para trazer o molho, assim como fazem os pianistas para a pessoa que vira as páginas da partitura, dá um componente humano àquela bela imagem em dueto.

Dois passos para trás, fixo-me. Descanso.

— *Ouvi dizer que há um monstro em seus fossos*, brinca o convidado desconhecido.

— *Imbecilidade imbecilidade pura são alu*, engasgo de M que prossegue, *alu-alucinações*, e bate na testa com o guardanapo, enrubescido, descabelado, mas feliz por ter iniciado o assunto adorado: *As pessoas têm idéias fixas e crenças absurdas.*

Todos têm idéias fixas
e crenças absurdas

Pégaso e o unicórnio
Perto disso são ciência
Pura e dura

Idéias de empregadinha
"Eu acho que tive uma idéia senhor!"
Deus me livre

Há quem diga que há um monstro em seus fossos, prossegue o convidado, *você vê que coisa*, para parecer que da primeira vez ele havia dito aquilo com ironia. *Inacreditável!* Prossegue com gargalhadas de hiena e um erguer do queixo espasmódico para extrair um *Ah — é claro* pronunciado pela mesa inteira. Derradeira tentativa de ser engraçado.

Não posso ouvir tudo. Estou servindo. Presto atenção no que faço. Avanço meu braço, ligeira meia-volta com os joelhos, todo o peso do corpo em direção à cabeceira da mesa. Sirvo. Tomo cuidado. *Esquecerei as más recordações.* Cantarolo para esquecer que devo esquecer alguma coisa, minha sola de crepe rajada adere ao assoalho escorregadio.

Sou experimentado, tenho um moral de aço, faço tudo sem erro, não deixarei cair a bandeja.

Trabalho puro sem escorregão.

Vou dizendo tudo que faço na mesma velocidade em que estou fazendo.

Estou bem ajustado.

Estou ali, sou eu, são minhas mãos que estão segurando a bandeja, não há problema algum, estou vendo a bandeja, cantarolo suavemente a canção que permite fazer coisas bem-feitas em tempo real.

Eu sou eu mesmo e ninguém mais.

Não deixarei cair a bandeja. Só mais três pessoas para servir, ninguém ouve minha canção. Canto bem baixinho entre os dentes, sorrio minimamente, sou uma máquina sem defeito, sou maleável e coordenado, sou um não-vivo.

— *Que imbecis absolutamente grotesco incrível, é o cúmulo!* urra M com os olhos revirados, a boca aberta até as pálpebras. *Isso é o cúmulo!*

Será que ele está ensaiando diante do espelho?

A mesa está em estado de choque como um coelho diante de uma raposa que parece tão grande quanto um urso *e querem que acreditemos na democracia. Ora, eles já nos dão muito trabalho todos esses que sem-*

pre têm uma opinião sobre tudo, continua ele. *Vamos acabar tendo que organizar referendos até sobre o que eles querem comer no café da manhã. Mas coma, coma, você vai desaparecer se continuar assim,* grunhe para a depressiva oitava convidada, ombros retraídos à inglesa, dentes grandes, doses maciças de neurolépticos que esquece de se servir, fascinada pelo despedaçamento ao vivo de um enorme pernil escorrendo gordura. *Quem paga isso, hein?* Urra.

Quem paga no final das contas
quem paga as subvenções?

Os que estarão no nosso lugar
Dá no mesmo
sempre tem o alto e o baixo

Eu me vou, deixando o serviço ordinário aos meus assistentes. O mais importante já foi cumprido.

Tudo se passa admiravelmente.

Tudo vai bem. Calmo. Repouso. Tudo vai bem. Trabalho puro. Êxito 100%.

Menos no momento desagradável em que M disse à pessoa que estava na cabeceira da mesa, para (talvez?) evitar que ela cometesse uma gafe: *Stop, he could understand.*

— *E-e-ele mos [ ] ele mos [ ] ele mostrou o-o-o som [ ],* balbucia a ruiva com vestido de manga bufante verde-limão, apontando para mim. Mas que eu saiba, não havia feito nada de extraordinário.

— *Stop, he could understand*, corta M. Diz ao mesmo tempo que 1º de fato eu era exatamente o que era melhor não dizer e que eu tinha agido “mal”; e que 2º eu não conhecia aquela língua-código; e que 3º eu seria cada vez mais o que era melhor não dizer. E por toda a vida.

O *Stop* parecia um Psiit! e do resto eu só entendia alguma coisa como “Cudanderstam”. Um nome de cavaleiro holandês? Uma fórmula mágica para eliminar um mau pensamento? *Psiit Cudanderstam!* Um verso de Sonho de uma Noite de Verão. Céus, é meu marido?!? Vem vindo alguém!? Mais baixo, alguém pode nos ouvir!?!

Sei pronunciar muito bem essas frases de alerta com uma voz de pato, como deve ser.

7

Um dois respire vai upa desdobre perna direita de uma vez. Lançar para a frente. Pousar o pé. Joelhos flexíveis. Upa.

Segundo movimento perna esquerda. Levantar-se pro-gres-si-va-men-te sexto movimento. Carbono estocado pelos alimentos se combina com o azoto no músculo. Cabeça ligeiramente à frente. 10 s 45/100.

Não está bom.

Acelere trazendo o máximo de ar possível para trás de você com os braços. As mãos em forma de pás. Só se erguer depois dos 60 m. Meus açúcares lentos no sangue até o ponto de impacto do pé sobre a pista. Batimento mecânico dos músculos do rosto no ritmo.

Upa.

Descida para vale saltando as cercas. Verde integral do túnel entre as árvores arredondadas. 3 km já. Manter-se sempre ereto. Cabeça erguida no momento da batida dos pés. Ufa. Aerodinâmico e perfilado na paisagem verde. 4 km.

Não estou muito em forma.

Não estou mais nas boas condições normais previstas. Meus açúcares lentos. Tem alguma coisa errada. Para que esconder?

Meus açúcares lentos.

Azoto nos músculos não é bom.

Estoque de carbono a zero.

Vario o amortecimento conforme as informações fornecidas por meus captadores de aceleração.

Engato minha velocidade interna superpotente, crac. A afluência brutal de ar nas fibras repara as zonas enfraquecidas.

Médico-bom-de-manhã. Médico-de-si-mesmo-bom-pela-manhã. Médico bom para a gente. 14 km.

Belisco a ponta da minha clavícula e a base de minha narina esquerda. Desbloqueamento grande passada. Corro maravilhosamente.

Não estou indo muito rápido. 15 km.

Há uma baixa. Para que esconder? Os inibidores das bombas não estão mais fazendo seu trabalho nos limites dos órgãos.

O veneno contido no ar penetra com velocidade máxima em meus tecidos profundos.

As partículas transportadas no ar se concentram em espirais como as abelhas quando vão atingir um alvo. As partículas minúsculas são um composto de bactérias de insetos + vírus de peixe + pólen infectado + etc.

Há animais no ar.

8

Dez horas, senhor, articulo em voz alta avançando para a janela. Bandeja na mão, correspondência já separada, jornal repassado.

Puxar o cordão que amarra a cortina monumental e descobrir aqueles campos ainda adormecidos que parecem quadros de?

Como se chama aquele "artista" que parece ter se instalado aqui para sempre? Turn? Tourné? Tornado? Como um peixe n'água. Come na mesa principal. Roupa lavada, passada, engomada. Até o dia em que teve que mostrar o resultado.

Que quadro você pintou nesses últimos dias?

Nenhuma maravilha já que a maior parte do tempo podia-se vê-lo deitado em algum banco do jardim visivelmente sem parecer estar estudando algum modelo particular de cúmulo.

Como se deve fazer quando você é pintor.

— *Faço quadros.*

Que quadros? Rabiscos em papel azulado da mercearia. Com o dinheiro que está economizando, ele poderia muito bem comprar papel branco normal.

Paisagens completamente embaralhadas. Comece aprendendo a desenhar pessoas. Ou então use óculos.

Ou então você tem algum problema *(não consigo pintar)* sendo assim, confesse.

Confesse.

Você vê que está mesmo tudo embaralhado, não está? É inacreditável.

E todo mundo fica aí, *Ah, é, é muito interessante o que você faz.*

Vou apresentar a ele a lista de tudo que comeu desde o primeiro dia.

Dia tal, um pernil.

Dia tal, um coelho, etc.

E vou dizer: é tanto. E não estou contando a roupa de cama nem os problemas que o senhor causou, pois são incalculáveis. Só o que o senhor comeu desde o primeiro dia.

Deveríamos lhe pedir que participasse um pouco das despesas como os outros sempre fizeram, senhor, acrescento em voz alta.

Se o senhor me autorizar.

— *Psiit!* responde a cabeça ainda sonada, estendendo os braços em direção ao roupão com monograma bordado, *não de manhã, jamais de manhã.*

Desdobramento instantâneo da bandeja-mesa. Descoberta do prato sob a abóbada de metal. Omelete com menta, salsicha nº 3, peito defumado, tomates grelhados, feijões verdes com molho de cordeiro, torrada.

Abrir jornal.

Deve haver um meio de se evitar esse uso da terceira pessoa que torna tudo muito lento. Se o senhor desejar, etc.

Usar um método diferente. Não dizer: Se o senhor desejar consultar a página 4, onde reproduziram o local do crime que tanto o cativa. Dizer: Caso se queira consultar onde está reproduzido o local do crime que cativa Página 4.

A palavra importante no fim, assim as pessoas esperam e não te cortam a palavra.

Aqui estão os quentes não muito cozidos servidos em torradas ligeiramente cobertas com manteiga temperada com salsinha eis que Ovos.

Está na mesa.

9

Por cima de seu ombro, também olho a página 4. Casa de campo comum muito escura por causa da tinta de impressão.

Foto de uma família enfileirada. Algumas cabeças estão marcadas por um círculo branco que identifica as vítimas. Seguida por uma série de ampliações de cavidades mais pronunciadas no gramado, indicando partes de terra remexidas recentemente ao pé de uma sebe de folhas vermelhas, escura como se vê em muitas casas.

É estranho, se eu fosse o assassino não iria enterrar as vítimas diante da minha porta. *Enterrou a própria família em seu jardim.* Título enorme, quatro colunas.

Deveriam investigar novamente.

O inspetor deve ter pensado que a única pessoa que não poderia ser culpada é o homem que mora bem diante do local onde estão os corpos. Álibi ideal. Já que nenhum criminoso sensato enterraria suas vítimas em seu próprio jardim.

No mato dessa história, senhor, deve ter algum coelho, digo um pouco mais alto.

— *Quer fazer o favor de me deixar em paz? De*

manhã não. Já expliquei: de manhã não. Em que língua vou ter que falar?

Devo lhe aparar os bigodes, senhor?

— *Amanhã.*

Fechar os olhos, retorno corredor ao quarto. Levar imagens registradas do tumulus no arquivo memória. Chamo de Crime para não a perder.

Ela é minha.

Deixar-se deslizar facilmente pelos grãos brancos e pretos da sebe. Abrir a trama do furo. Passar de costas pelo vazio entre os ramos.

Entrar na câmara de ar construída pelo cruzamento dos galhos.

Esperar os pássaros, esperar que venham procurá-lo. Sou como eles, estou bem, estou com a doença Robinson. Esterno alto, cabeça para a frente, respiração leve e ruidosa.

Tudo vai bem. Não me encontrarão.

Quanto mais avanço, mais os sons ínfimos aumentam, gritos nos pavimentos, choques contra o teto, ranger de portas, palavras ao longe.

Esperar o entardecer, porque a noite abafa os ruídos. O som das coisas do dia corre para os orifícios do solo que fazem a terra respirar. O som ainda ali, das coisas semivivas desaparecidas quando já não se ouve mais nada. Uno-me a eles.

Demora até se perceber que não há mais sons. O tempo necessário para que cesse cada som no fundo de cada coisa. O tempo necessário a cada coisa para se deter o tempo necessário de se unir aos sons.

10

Fim de manhã. Saio e apuro os ouvidos.

Escondo-me embaixo de um casco revirado no lago ou sob a água respirando por um cano de bambu. Aproximo-me.

Faço espirais em torno do alvo a ser escutado. De bruços, lanço pedregulhos numa direção a fim de despistar as pessoas do grupo que estão dispostas em cadeiras separadas do círculo de conversa. Mais atentos aos ruídos externos, eles erguem a cabeça e não vêem nada na direção onde não estou.

E assim vou avançando.

Por baixo d'água é impossível.

Não por causa da respiração, embora alguém, vendo esse bambu plantado sozinho no meio do fosso, pudesse acabar querendo colhê-lo, mas por causa da pouca profundidade que me obriga a ficar imóvel para evitar ondulações suspeitas.

Absolutamente imóvel é impossível.

Poderia me esconder num fardo de feno, com a vantagem de poder mudar de lugar conforme o alvo a espionar, bastando fazê-lo rolar, mas com o risco de acabar ficando de ponta-cabeça dentro do esconderijo de palha. Poderia também organizar uma rede de subterrâneos, com entradas-saídas de espionagem nos locais em que estatisticamente as pessoas têm por hábito se instalar. Mas eles sempre mudam de idéia *e se a gente ficasse por aqui hoje? Vamos parece divertido.* Você é engraçado.

Numa árvore é que se poderia ouvir melhor.

Na ponta de um galho fica-se como na ponta de uma vara para apanhar os sons. Posto excelente para decifrar as vozes que sobem por entre as folhas.

E se eu pegasse no sono?

Os raios de sol filtrados pelas folhas em rede me ajudam a parecer parado. O jogo de filtros das folhas garante uma camuflagem ideal. Zebra-branca ou pássaro tonto. O recorte nas faces, entre frio e quente, em partes iguais, acaba por me dar sono.

Corro o risco de adormecer.

Vou adormecer e cair.

— *Quando se examina com atenção uma colméia, quando se é fã da biosfera como eu,* discorre o convidado desconhecido, *então se vê que a Rainha-Mãe Abelha deixa o mesmo macho meter várias vezes. O que faz com que as abelhas, além de terem um monte de meias-irmãs, tenham também um bom número de superirmãs em comum. Com quem mantêm afinidades ricamente cromossômicas.*

— *Apaixonante,* responde um homem de quem não vejo o rosto escondido pelas folhagens.

— *A maior ou menor velocidade dos batimentos das asas indica a distância, e a posição do corpo, a direção da flor visada.*

— *Apaixonante.*

— *Puxa*, lança a mulher de dentes de ouro, *que bicho o picou, meu caro. E se você fosse ver se o almoço está pronto e voltasse logo para terminar essa visita monitorada?*

Estalo da espreguiçadeira, o sujeito se levanta seguido a distância respeitável por um *"ele mudou muito"* ou um *"bem que eu lhe disse para não o convidar"*.

— *Para as abelhas o tempo sempre está bonito já que sua percepção das cores ao contrário da nossa é quase nula. Azul e amarelo no máximo*, acrescenta o sujeito, novo estalo da espreguiçadeira, que já voltou engatando uma quarta. *Mas no que diz respeito às flores a coisa é mais refinada.*

Mostre-lhes uma flor desconhecida
elas não precisam estar em cinqüenta
para saber se ela vai valer a pena

Elas não são como nós
Tiram grandes lições
da experiência do vizinho

— *Você deveria escrever algo sobre isso*, interrompe a mulher de dentes de ouro após um silêncio muito longo, *ah isso interessa muito às pessoas*, o murmúrio acre de sua voz me desperta como um tiro no cérebro.

Se eu deslizar da árvore adormecido vai ser engraçado. Como uma maçã podre ou um esquilo morto de ataque cardíaco que lhes caísse sobre a cabeça. Estou bem em cima da dentes-de-ouro que fala em *repeat: escreva algo sobre isso, escreva algo sobre isso, escreva... escreva...* Meu corpo enrolado nos ramos, meu uniforme é verde.

Capa de espião, ninguém consegue me avistar. Está bem assim.

11

Eles se movimentam. Continuar a segui-los.

Aonde vão?

Descer da árvore como um bombeiro sai de seu quarto. Escondo-me atrás das bolas de rododendro que combinam com minha roupa.

Não consigo ouvir tudo, *nesse mundo em que vivemos há algo... como poderia dizer...*, analisa M, andando em volta do canteiro de zínias amarelas como botões de ouro, *...de atroz, não é?* batendo sua bengala nas pedras do chão no ritmo de "On les aura" *Planeta Marte! / Planeta Marte!* tendo, em tom baixo contínuo alternado os mugidos afirmativos do convidado desconhecido que tenta um último lance.

Terceira volta no canteiro. *Essa gente que fala a torto e a direito, é espantoso.*

É preciso a priori por um decreto-lei
extrair essa gangrena mental

Um cidadão que tem um membro apodrecendo
a gente corta e não há tempo para papo-furado

E se não tiver mais éter Major
corta-se assim mesmo

Aperte isso meu filho
coloca-se um pedaço de couro entre os dentes
e vá em frente.

— *Realmente*, responde o convidado desconhecido tornando-se simpático apesar de tudo, *como ontem ouvi alguém da região afirmar que havia mesmo um monstro nesse lago, e que ele tinha fotos do negócio à minha disposição, que seu cunhado, o mecânico, tinha fotografado pessoalmente no local do Prodígio, etc.*

— *São uns estúpidos*, insiste o Pickwick.

— *A mesma coisa*, prossegue o infortunado convidado, *a mesma coisa com o "Crime da casa ao lado". Viram as fotos esta manhã. Falsificações grosseiras para excitar esse povo com fibra emocional para tudo quanto é mexerico. Falsificação, é uma desinformação, uma montagem grotesca. Por que alguém que supostamente matou toda a família num momento de cólera iria enterrá-la em sua porta? "Diga-me Inspetor,* fazendo uma voz de velho louco, *se sou eu o culpado, por que os teria enterrado diante de minha porta de entrada que tem o meu nome gravado na campainha?" Mas os tiras já conhecem esses truques, etc. E crau.*

— *Realmente, é bem assim, claro*, responde M sem ter escutado o fim urrando na orelha do primo surdo, *é preciso agir.*

É preciso agir
não digo uma milícia armada
não vamos chegar a tanto
só um pequeno apertãozinho, não é?

— *É, é, é, é, é, é, é, é,* acompanha no ritmo M como primeiro da fila no passeio.

O canteiro de flores em torno do qual caminham os interlocutores, seguidos pela família e aliados em pequenos grupos formados pelas diversas emoções, é um montículo de terra plantado com zínias amarelas em volta de uma estátua Grupo de Crianças Brincando cercada por um caminho circular já menos visível que antes da primeira volta.

É, é, é, é, é, é, é, as frases inaudíveis em pedaços, cada vez mais cortadas, porque, com o cair da noite, a fusão escura do conjunto que se está espionando enfraquece o som das palavras.

É a escuridão que faz baixar os sons.

Escondido no ângulo morto tentando escutar. Sapatos invisíveis. Calça no escuro. Desaparecido, estou bem no fundo da escuridão. Um inseto de cabeça enorme fica comigo, um sapinho bem pequeno, um galho de uma velha pereira erva-daninha.

12

Assim não dá, digo a eles, depois de um longo silêncio. Sala de reunião dos empregados, mesa longa, cenas de aldeia em marchetaria na parede.

Sua profissão tradicional acabou, não existe mais, prossigo levantando-me para escrever no quadro:

$$\left(\frac{A}{P}\right)^n$$

A significa "Antes". P, "Progresso". O tempo antigo deve ser fracionado pelo futuro até o infinito.

Entendam com isso que os velhos hábitos (mesmo que devam ser mantidos aparentemente intatos aos olhos dos outros, que é o que os faz dizer "é como antigamente") devem ser elevados a uma potência infinita por meio de ações novas e invisíveis.

— *"Invisível", não entendi*, diz o minúsculo assistente de açougueiro.

São como imagens diabólicas que vêm se intercalar num lindo pôr de sol, acrescento o mais calmamente possível. Você não tem certeza de tê-las visto, mas tem a impressão de uma lembrança nefasta.

O tratamento informal dá mais segurança.

Isso deixa uma impressão muito ruim. Uma impressão terrível. Estou urrando bem perto do rosto dele.

Ele funga e baixa os olhos.

Esse eu vou treinar desde o início.

Senhores, prossigo, o serviço mudou. A própria noção. Relaxo meus músculos faciais, aperto meus olhos e os dirijo para o teto.

A própria noção. Por quê?

Silêncio de morte.

Porque as condições mudaram. Levanto-me e declaro: não estando mais habituados a ser servidos dentro da grande tradição que fazem de nosso povo uma verdadeira referência, eles se esqueceram. Por moralidade devemos acrescentar outros elementos para mostrar a eles que o trabalho está sendo bem feito.

— *Não importa de que modo devemos tomar mais cuidado já que eles se esqueceram,* grita o motorista, *é como um carro que ficou trinta anos parado na garagem.*

É isso, urro.

Vou promover esse empregado ao topo da hierarquia, é o meu verdadeiro assistente, há esperança, está havendo uma retomada, as idéias estão avançando.

Se forem servir um *lapin à la royale* vocês serão obrigados a servi-lo com uma coroa na cabeça para que eles entendam de que se trata.

— *Uma coroa de quê?* pergunta o açougueirinho.

É o que se quer saber.

Reforçam-se os gestos, exagera-se um pouco, mostra-se o que se sabe fazer, prossigo. Deve-se decompor o gesto. Daí a importância do modo de segurar as coisas e do jogo de pernas em cada etapa.

Hoje: Limpeza das Migalhas.

Duas técnicas?

— *A pazinha e o...?* hesita o açougueiro-assistente, *o negócio que a gente rola na mesa e que tem um reservatório para migalhas dentro.*

Um recolhedor de migalhas, berro. Pegar com polegar e indicador, controle embaixo anular, braço-punho-mão solidários, é esse o segredo. Sempre puxar em direção à migalha, da frente para trás, nunca empurrar em direção às migalhas. Risco de projeção, recuar para melhor saltar, etc. Completar com pequenos requebros com os quadris, pequenos, para ritmar o todo, assim. Porque fica mais bonito, não é?

— *É*, arrisca-se a dizer o açougueirinho.

Não, berro, é para dirigir o recolhedor de migalhas em direção ao alvo evitando patinar em todas as partes da mesa, ali onde não tem nenhuma migalha. Ganho de tempo e produção inconsciente de segurança por parte do comensal, serviço total, admiração que recai sobre nossos patrões, logo também sobre nós.

— *Logo também sobre nós*, repete o grupo eletrizado.

Bem, eu grito, bem-bem-bem. Conclusão: deve-se conhecer tudo do cliente, até o último botão. Tendências, desejos, potencial de modificação de gostos. Curva das vontades e das satisfações.

E naturalmente isso é apenas a parte visível do iceberg que nossa missão revela. Aqui sei que estou exagerando, ergo-me e me lanço ao quadro-negro desenhando feito maluco círculos e ovais como se fazia para a teoria dos conjuntos, urrando: Assíntota de uma linha de trabalho melhorada nunca atingindo a perfeição ideal em correção e rendimento, mas sempre aproximando-se disso até o infinito.

Tossir, voltar a sentar-se. Consultar em silêncio a lista de assuntos para a reunião seguinte. Esperar, depois erguer lentamente os olhos e soltar um "Podem ir" com desprezo.

13

A luz bem dirigida permite que se veja pela transparência o fundo sem mato e os seixos amarelos. Os sulcos na água dirigem os insetos para um ponto de passagem onde deve aparecer como num samburá natural o peixe sonhado, 945 g, escamas manchadas de preto, barriga rósea, corpo afunilado, olho vivo.

O calor vibra por sobre os campos em sua forma tradicional. Como vapores riscados de essências, parecem-se com a água que ondula a paisagem ou estrangula uma árvore. Como quando se olha uma cadeira com os olhos cheios de lágrimas. A mesma coisa com uma vara mergulhada na água que parece se partir em duas. Igual à linha branca de um avião a jato que se desfaz em nuvens.

É assim que vejo as coisas. É magnífico.

Imóvel por um tempo demasiado, pareço um junco, uma planta grande, um pedaço de pau na sombra *pessoas de quem eu gosto estão metidas em coisas espantosas* duas libélulas azul-elétrico pousam em minhas orelhas. Está tudo bem.

O peixe esperado está ali.

Movo minha mão bem lentamente, sem mexer o resto do corpo, destravo a carretilha e distendo a vara ultraleve que libera uns bons cinco metros de seda em arco por cima de minha cabeça, para pousar numa distância perfeita a vara Ryman III com reflexos de aço. Quatro vezes de forma impecável, mas o peixe não se mexe, ocupado em observar o rio.

O que eu também deveria fazer se quisesse compreender exatamente suas motivações.

Recobrir o próprio corpo com gesso, desenformar em duas metades, derreter pneus. Escorrer uma camada de borracha derretida para dentro dos moldes. Unir as duas partes com correias de couro ajustáveis. Substituir a parte que corresponde aos olhos por um pedaço de plástico transparente de capota de automóvel. Pintar o equipamento com as cores da água.

Amarrar bolas de chumbo na cintura. Ligar à boca um canudo flexível do tipo mangueira para gasolina. Deslizar sem ruídos para dentro do curso d'água. Apoiar-se num pino de metal plantado no leito do rio, não se mexer mais e olhar o rio dentro dele esperando que os peixes se acostumem comigo.

Olhar as coisas ao infinito, rio acima, tomadas num bloco transparente. Estudar a velocidade especial das coisas sob a água. Vistas mais lentamente lá embaixo e mais rápidas de cima.

Depois de untar o traje por proteção, escondê-lo numa caixa de madeira hermética enterrada perto do lugar escolhido, para não se arriscar a ter que atravessar o gramado num escafandro. Único caso em que deveria cumprimentá-los já que eles não sabem que sou eu.

Corvos.

Corvos.

Não me mexo mais. Vôos insistentes sobre o rio podem projetar sombras anormais em seu leito. Esconder-me sob a terra ou despistá-los?

O melhor seria colocar uma raposa e uma coruja empalhados num esconderijo, munidos de um dispositivo básico com pedais, que os fizesse aparecer perto dos pássaros empoleirados. Numa primeira vez, uma tela rebatida descobre a cabeça da raposa. Reação intensa e longa das cobaias.

Repete-se a experiência cinco vezes, baixa progressiva das reações.

Muda-se a raposa de lugar: reações médias.

Repetimos mais três vezes, nenhuma reação mais, os pássaros se acostumaram, mas sempre prontos a reagir em caso de novo perigo. Basta fazer aparecer a coruja e tudo recomeça.

Até que eles não tenham mais medo.

Vou fazer de novo com um espantalho mais ou menos parecido comigo. Cabelos de estopa arrumados numa moranga esculpida, tudo montado em cima de um corpo feito com sacos de batatas.

Eles nunca vão se acostumar comigo.

Adeus.

14

Retorno casa. Meu quarto. Um grande quadro moldura preta: Francis Remington, Dois temas de índio. À direita, uma aquarela: Max Thorpe, Pato morto.

Móveis práticos estão alinhados ao longo das paredes. Mesa de desenho, madeira salva da fogueira, armário para mapas, mesa de marcenaria, armário-relógio, console para gravador com madeira sem brilho, mesa com ampliador, cama-estante dobrável, retroprojetor, vitrines com objetos expostos, local para solda.

Precisaria instalar manequins tamanho natural para treinar imitação de vozes. Mas nunca tenho tempo. É a primeira vez que deixo minha programação se atrasar.

Estou perdendo velocidade. É isso.

Não estou tão em forma, é o fôlego. Fôlego insuficiente. Baixa geral de pressão. É preciso mudar o ritmo. Recomeçar do zero. Praticar esporte.

O cheiro das ferramentas cria uma atmosfera ideal para a reflexão construtiva que devo levar adiante para salvar essa família de um desvio logístico inevitável.

Essa gente vai desaparecer se eu não fizer alguma

coisa já. Uma melhora do bem-estar profundo invisível a olho nu. Eles não sabem disso. Acham que tudo é por conta da alimentação *delicioso realmente incrível.* Na verdade eles se sentem melhor. É progressivo. Têm um corpo mais descansado. Como os astronautas que trocam de sangue quando voltam de Júpiter.

Mesmo que eu não esteja aqui para isso.

Não esquecer. Lembrar que devo fazer algo previsto de longa data.

Ainda que para esconder esse projeto secreto para eles melhor seria esquecê-lo. Ninguém pode repreender você por uma ação que não foi premeditada.

Fazer outra coisa a fim de esquecer.

Não beber nem comer coisas diferentes.

Não imaginar coisas impossíveis.

Construir uma maquete da casa para racionalizar melhor os deslocamentos durante o trabalho. Posso facilmente encontrar a planta de uma fachada nos arquivos para poder transpor a altura. Posso medir uma árvore multiplicando o comprimento da vara erguida diante dos olhos pelo número de passos que me separa dela.

Como fazer com uma mesa recoberta de documentos que não se pode remover por medo de ser surpreendido?

Quando se está a serviço dos outros.

Instala-se um campo de exercícios no qual um assistente apresenta alinhados objetos-padrão previamente medidos, para se exercitar numa avaliação rápida. Jarra para água 12 cm, bufê 197 cm, viga 439 cm, pinheiro de Douglas 2.345 cm. Assim entro numa sala, e crau: armário 280 cm.

Numa única olhada.

Uso papel de túnel de trem elétrico que imita rocha, feltro verde para os prados, massa de modelagem pintada para os móveis.

A casa é um campo de batalha onde pequenos personagens vistos do alto representam os movimentos de tropa.

Visualizam-se as passagens através das salas e suas freqüências, horários e prioridades hierárquicas, variando a grossura do traço e sua cor e dando um nome abreviado a cada ação: LCCB (levar um copo da cozinha para a biblioteca).

A imagem obtida dá a impressão de realidade como nas radiografias onde se vêem os ossos, e os líquidos que os atravessam, e as moléculas em ação lá no fundo.

Pode-se também fotografar o conjunto do mobiliário, recortar e colar as imagens de cada coisa, em escala, sobre a maquete em relevo.

Mas como justificar, exceto num aniversário, o ato de fotografar um pedaço de parede com uma cômoda e dois quadros sob o pretexto de se fazer um fundo bonito para a pequena aniversariante?

A menininha não quer ficar ali?

Ppp-por quê?

Fica mais bonito na foto. É assim que se deve fazer.

Co-co-como?

É. Você é tão linda. Esse vestido é o ideal. Você está num Dia D.

Depois recorto tudo em quadrados iguais e numerados para simplificar a relação de cada coisa com seu lugar. É um problema de consciência pessoal.

Caros amigos, aqui está em poucas palavras o meu programa. Instalo-me diante do espelho.

Gravador, crac. Play.

Uma cômoda, por exemplo. Tomo o exemplo da cômoda.

Sim senhores, ela não é unicamente um móvel do qual se deve apenas levar em conta o estilo (admiração), o material (conservar e encerar), e o tamanho (como evitar?), o conteúdo (como e para quem guardar), mas um mistério se quisermos analisar a tão velha poeira escondida atrás das gavetas. Aglomerado de resíduos dissecados em fibras, cabelos reduzidos, grãos de um tapete vindos de polinização involuntária.

Nas duas últimas palavras assumo uma voz com ligeiros tremores.

Um lugar que ninguém nunca viu, a não ser um eventual ebanista que não se interessa pelo destino daquela poeira. Magnífico.

Só falta fixar a maquete numa grande tábua que um sistema de polias permitirá fazer subir até o teto na primeira interferência. Uma inspeção-surpresa não detectaria nada de anormal.

Mesmo que os rolos de feltro verde, sujos de massa de modelar, a mesa de marceneiro coberta de tocos, o maçarico ou as ampliações fotográficas dos membros da família pudessem surpreender quem viesse visitar um simples empregado doméstico.

Não se esquecer antes de dormir que eu cheguei aqui para fazer algo de muito bem determinado.

Dizer isso em voz alta.

Reduzir esse programa a termos mnemotécnicos e a imagens simples, para conservá-lo adormecido mas sempre disponível em minhas lembranças.

Assim como me lembro sempre imediatamente do meu nome pensando numa gaiola.

A mesma que se usa para exercitar os olhos no oftalmologista quando se faz entrar e sair o pássaro envesgando os olhos.

Envesguem agora:

★ [ ]

15

O micróbio que peguei está se desenvolvendo muito rapidamente. É um vírus, já que antes eu não tinha nada. Pronto.

Sabia que o convidado era médico por causa do material bizarro amontoado em seu quarto. Uma sala de cirurgia portátil como um trailer. Uma escrivaninha com um abajur verde, uma cama de solteiro.

Toc, toc.

Não tenho mais defesas naturais, digo a ele ao entrar.

Micróbio de roseira? Vírus dos mangues? Um prego enferrujado, crau, uma sujeira numa pedra, um resíduo de animal infectado e pronto.

Não devo ter tomado cuidado, é culpa minha, acrescento recolhendo os copos do criado-mudo. Ele não responde nada, absorvido pela leitura de um jornal estrangeiro.

Ou então é um micróbio originário das derivações químicas, conseqüência de uma temperatura anormal ou da deterioração de um mangue reduzido a um micro-inferno. É possível.

Em toda doença moderna, há uma doença antiga. Logo, se fuçarmos com um microscópio em alguns pedaços de pele coletados dos lugares certos, deveremos enxergar os antigos traumatismos concentrados, em fim de curso do resto do meu corpo.

Tenho certeza de que, numa de minhas seqüências de DNA, uma codificação deve esconder cicatrizes recônditas, que são as causas reais do desencadeamento de minha doença atual.

Minhas respirações contêm suspiros internos. Cicatrizes internas vêm à superfície num turbilhão aleatório de seqüências sim/não. Elétrons mortos giram em falso.

Trepo numa cadeira para tentar chamar sua atenção. Mas ele continua lendo. Finge estar lendo. Impossível que consiga ler com todo o escarcéu que estou fazendo.

É apenas um fluxo de células inúteis que desorganizam a eficácia muscular, como se eu tivesse derramado café dentro de um rádio. Minha mão dói. Essa mão não funciona mais como antes.

Mergulho para olhar embaixo da cama. Tem um sapato esquecido lá no fundo. Enfio-me lá embaixo sem parar de falar.

Ouço além do normal, esse é o problema. É terrível.

Estou em marcha lenta, deixo cair as coisas o tempo todo. Não me lembro de nome algum. Vejo tudo em branco e preto.

É estranho, desde que estou falando com o senhor é a primeira vez que estou vendo em cores.

É incrível. Nunca tinha visto em cores. Toda essa poeira cinza no fundo, é magnífico.

Há buracos nas palavras, assim [ ] e assim [ ], e não sei o que fazer.

O que há num [ ]?

O grande problema também é que eu ouço alto demais. Não consigo mais regular os sons. Eu deveria ser regulado novamente.

Um buquê de tulipas amarelas quase grudado na minha cara vai ficando cada vez mais amarelo à medida que a luz do dia diminui, Doutor. Todas as coisas devolvem sua luz acumulada, exatamente como as estrelas já extintas continuam a brilhar. O escuro que chega atrasado fica atrás.

O sapato está a apenas três centímetros. Estico meus braços com toda a força, a boca está enfiada na poeira, avanço. Sou obrigado a gritar cada vez mais alto por causa do colchão que abafa o som.

O vírus evidentemente está bem escondido no interior de minha saúde geral.

Como alguém que tivesse olheiras escondidas sob a boa aparência causada pelo sol que acabou de tomar naquele mesmo instante através da janela aberta da sala de espera.

É mais isso aí que eu acho, digo-lhe subtraindo-me penosamente daquele ninho de poeira com o sapato na ponta do braço.

— *Que história é essa?* tirando os óculos de aço que imprimem uma marca vermelha em seu nariz. Pensei em seus óculos penetrando sem dor até o osso, como um anel se incrusta no indicador. Eu deveria dizer para ele trocar de óculos, mas não ouso, principalmente porque estou deitado de costas e ele me introduz à força pela boca uns dois metros de um tubinho plástico untado, com uma câmera na ponta. A descida dentro de mim filmada e projetada ao vivo no teto em uma tela de 3 x 3 m. É a primeira vez que vejo em cores o meu interior — *Você não tem nada, absolutamente nada, está que é um encanto.*

Levanto-me, arranco o tubo e o lanço como um laço em volta de seu pescoço. Aperto fortemente o nó terminado pela câmera minúscula que filma seus olhos exorbitados vermelhos projetados na tela enorme. Um fio de voz comprimida sai de sua boca já roxa, acompanhado por um fio de sangue + batidas frenéticas dos pés.

Com a mão direita enfio um bisturi em sua coxa.

— *Você não tem nada nada*, reabrindo o jornal de repente, acendendo um cigarro tirado de um maço vermelho superachatado marcado com uma cabecinha de gato preto, batendo meticulosamente o filtro com piparotes dados pela ponta da unha.

Deve haver um produto capaz de eliminar esse amarelado. Isso gruda nos dedos como uma massa indelével. Como sobre as molduras e os anjos de estuque. Tem que lavar antes de pintar, com removedor São Marcos ou Cândida pura mesmo, como se deve.

— *São Marcos, excelente, muito bem. Releia II, 28. Notável.*

Dirijo-me à porta como um sonâmbulo, certo de estar doente.

16

Não tenho fôlego, devo treinar com mais freqüência. Estou cansado, sou incapaz, não avanço. Sou poeira na poeira. Preciso praticar esportes. Corro ao longo do rio em abrigo alaranjado sob sol pálido.

Que dia bonito / Que dia bonito repito a cada passada que está longe de medir 2,27 m como deveria. Os canteiros de hidrengeas e liquidâmbar formam manchas vermelho-vivo sobre o fundo liso da pradaria. Tem que ir em frente, hein? Grito ao novato. Depois você vai me fazer os sacos de pedras.

— *Sim*, aprova ele com um sinal. Somente uma gota de suor em sua cabeça raspada prova o esforço cumprido. Faremos dele um grande manejador de carrinho de mão, um arrancador de raízes com corda, um transportador de armários e pianos.

Upa.

Oitava vez que passamos diante dos canteiros gigantescos que mais do que nunca formam manchas vermelho-vivo sobre o fundo liso da pradaria. Décima volta. Você vai cantar agora. Cante "Se a minha tia tivesse um desses / oê oê / não seria minha tia seria meu tio / oê oê".

Todo cálculo tem uma margem de erro, explico a eles no intervalo, todos sentados ofegantes sobre banquinhos em círculo no centro da clareira.

Deve-se diminuí-la até uma porcentagem que coincida com a porcentagem do acaso. Nós é que devemos tomar a dianteira. Quando alguém diz a vocês *ah eu teria gostado disso daquilo, ah não é isso, teria preferido chá a café*, vocês podem ter certeza de que ele já está pensando em outro empregado.

Hoje em dia, é preciso pensar nas operações de cima para baixo. Se ainda falta inventar alguma coisa nova, poder-se-ia dizer que se ninguém ainda inventou até agora é porque ninguém precisa dela.

É isso?

— *É isso*, responde automaticamente o açougueirinho transpirante.

Não, urro. Sempre há a necessidade de novidades.

— *De no-vi-da-des*, repete em coro o grupo eletrizado.

Preparar uma lista de todos os novos serviços, para o caso de haver oportunidade de fazer uma demonstração de todos eles. Dar um nome a cada um deles, mostrar que são concebidos para maior comodidade de forma padronizada, mas que se adaptam às circunstâncias, tão facilmente quanto um convite impresso no qual basta acrescentar o quê?

Silêncio.

Uma data e um nome no espaço em branco deixado para isso, me esgoelo.

Exemplo, se eu decidir fazer um coelho para o almoço. Ele deve ser alimentado com capim silvestre fresco num viveiro limpo. Por quê?

— *Porque assim é mais limpo*, responde o engraxate.

Não, grito eu. Para melhorar a raça. Acasalando-os dentro da máxima higiene, progride-se. Por meio de cruzamentos podem-se obter coelhos cegos que só pensam em comer. Daí a idéia dos Viveiros de Porão.

Quem tinha me falado disso?

— *Eu*, responde o motorista, realmente genial.

Excelente. Embora eu já tivesse pensado nisso. É mais uma prova de que a idéia é viável. A verdade é sempre forjada por várias pessoas. A umidade também dá um gostinho de salitre à carne, o que elimina o tratamento habitual e permite que se tenha sempre à disposição Coelhos Comestíveis Imediatamente. Notável.

Quando o coelho está morto, o que é que se faz?

Silêncio.

Retirem primeiro a pele fazendo uma incisão entre as patas traseiras. Introduzam a mão para aumentar essa abertura. Quebrem o osso da coxa abaixo da canela. Cortem as patas. Passem as pernas pela fenda aberta no início. Descolem o alto das coxas e revirem a pele puxando na direção da cabeça para terminar a limpeza.

Prega-se o animal vivo numa tábua inclinada com a cabeça presa com tiras de borracha cortadas de uma câmara de ar. Várias tábuas, uma série de coelhos à espera se houver necessidade. Congestionamento de pelourinhos?

— *O que se ganha de um lado se perde do outro,* lança o motorista.

Exatamente. Ele é formidável.

Outro exemplo. Preparar uma situação X e, por decisão forçada, obrigar o inimigo a manter o papel previsto. Aproxime-se Georges, digo ao motorista.

Fique aqui. Muito bem.

"Georges Leva o Jornal para M". Vamos fazer essa cena. Você é o Georges, claro (risos), e eu sou M.

Em ação. Imito a abertura das portas. Vai lá Georges.

— *Esse mundo em que vivemos tem algo, como poderia dizer... de atroz, não é?* diz Georges, estendendo-me o jornal com uma voz obsequiosa. *Se o senhor me permitir. Mortes em todas as páginas.*

Muito bem. Resposta prevista de M: *O que é que você está me dizendo aí Georges?*

Consigo imitar muito bem sua voz.

Ou variante possível, continuo, cuidado: *Enquanto isso Georges, mande que me tragam os projetos de cardápio para esta noite!*

Ou: *"Atroz" por que você diz "atroz", Georges? O mundo é assim mesmo.*

Imito seu modo de suspirar e abrir o jornal estalando o papel.

Nos três casos, Georges deve retomar o final "atroz, senhor". É difícil fazer esse "atroz, senhor". Repita-me isso com uma voz bem sombria. Vamos lá.

— *Atroz senhor esse sofrimento geral.*

Muito bem, vamos. Continuando.

— *Esse mundo em que vivemos tem alguma coisa, como poderia dizer... de atroz, não é mesmo? Se o senhor me permitir. Mortes em todas as páginas.*

Excelente. E aí, M vai responder alguma coisa como: *O que você está dizendo outra vez?* Ou: *O dia em que você parar de resmungar entre os dentes, ficaremos melhor.*

E aí o que acontece?

— *Georges vai embora*, exclama o novato.

Não. É aqui que todo mundo entra no jogo. Fase II. Se houver um convidado (sempre tem um), o que M vai fazer?

Silêncio total.

Suponhamos que nosso convidado esteja à janela (e ele estará por discrição e/ou tédio, não é?). Seu olho será automaticamente atraído por nossa composição especial nº 234, na qual está você (designo o chefe de cozinha encarregado dos molhos), Georges II, que dirige um guindaste amarelo, no alto do qual está você (o novato), Georges III, que sustenta nos ombros você (o engraxate), Georges IV, munido de uma vara terminada por uma tesoura de jardim, e que tenta cortar um galho morto a 30 m de altura.

E aí, M, exasperado por Georges X, aproxima-se da janela, verá o convidado atônito com nossa manobra e dirá automaticamente *São uns incapazes, mas têm boa vontade.* Parabéns Georges.

Isso é a Arte Doméstica. Esse é o empreendimento

de hoje. Maleável, flexível, adaptável aos desejos necessariamente variáveis do cliente. E ele sempre tem razão. Pagear ao máximo, maternação produzida, acompanhamento total do doutor-me-sinto-bem-de-manhã. Boa sorte senhores.

Vamos, terminaremos com o exercício na porta com bandeja na cabeça, as duas mãos amarradas nas costas. E o mesmo com os pés. Não, estou brincando.

17

Estou correndo. Não corro tão rápido. 500 m. De manhãzinha é a minha hora.

Devo praticar esportes, tenho algo importante a fazer. Preciso estar em forma. 1 km. Passo diante do memorial *Death is swallowed in victory*, gravado, a se traduzir por alguma frase curiosa como a morte é engolida pela vitória.

Que vitória? Que morte? Engolida onde? 2 km. As encostas são de um verde profundo. 2,5 km. Descer para o vale, opa. Verde, verde, verde elástico do gramado xadrez da pista. 3 km. Capela. *E o senhor lhe disse você não é nada* urra um sujeito de preto braços erguidos através dos vitrais iluminados.

O que é que diz Deus?
ele diz descei ao jardim
e vereis isso e aquilo
então, <u>isso e aquilo</u> quem fez fui eu

Deus diz então façam isso em minha memória
façam então
Mas se em vez disso Deus não disser
não o façam em minha memória
não façam de jeito nenhum

E se Deus não disser nada e não acrescentar nada
não façam nada
não façam nada nada

Que senhor? 3,6 km. Curva para o buraco negro de mato morto. Ex maria virgines. Descida para a água. Et homo factus est. Ainda os ouço cantar.

Ex o quê?

Pequeno bosque de heras secas. Crepitação folhas mortas e gravetos sob os saltos regulares. 6 km. Curva no bosque direção água e limo.

O que é que diz Deus nesses casos?

Quando você está quase conseguindo.

Respirar perna estendida. Quando estiver pronto (ele viu você, é bom) não pense em nada, fixe por exemplo "uma linda paisagem" diga: estou passeando opa flexão respirar estou passeando.

Depois deve-se esquecer que ele viu você. Fixe novamente uma bela paisagem pernas estendidas um braço dois braços respirar opa flexão pronto não está mais pensando. Ele está feliz e você também.

Derrapada até o rio, opa consegui.

Frescor da manhã + excitante quantidade de oxigênio de fotossíntese = peixe. Psiit.

Stop e nada de barulho. Arrastar-se. Visão polarizante acomodação no fundo da água.

Olho negro, segunda nadadeira dorsal reduzida e manchada de laranja, nadadeira traseira potente, corpo recoberto de pequenas escamas em número de 110 a 125.

Empurro até alguns centímetros acima do local uma pequena iça feita de plástico. Seu leve ruído ao tocar a água imita o de uma vítima caída das folhas por acaso. E graças a uma batida dada com a ponta da vara atrás dela no momento em que a pouso, ela se apresenta exatamente na posição correta. Quando puxo novamente a fim de deslocar um milésimo de milímetro a isca que parece deixar a água, a carpa parece vir abocanhá-la. Peso repentino na linha compensado por breve relaxamento da mão para evitar quebra.

Mas um ruído ou sombra do próprio fio deve tê-la avisado. Adeus.

Foi minha sombra talvez. Ou a nuvem que eu tinha achado ideal para anular minha sombra. Uma nuvem muito rápida me deixando descoberto. Sol brilhante. Falhei.

E se alguém me viu? Sozinho diante de uma poça d'água vazia. Sentado ali, 42 graus ao sol, cabelos ao vento, roupa escura, perdido no mato, pareço o quê?

Não dava, eu tinha cavado um buraco na terra, como se faz para caçar patos. Uma verdadeira casa, lareira, beliches, lampião de querosene, manta escocesa, sanduíches de atum, ovos duros, etc. Livros bem arrumados numa estante e, quando muito grossos, cópias de resumos.

Um homem conta sua infância e num dado momento, por causa de um simples biscoito molhado no chá, recupera todas as suas lembranças na íntegra, não aquelas concentradas numa única frase que a gente vê passar na hora de morrer, mas coisas em tempo real. Estamos então diante de alguém que diz bem devagar que está contando suas lembranças bem depressa. E vice-versa.

Um homem se vê numa manhã transformado em besouro ou em lebre gigante. Toda a sua família se desespera, mas continua a tratá-lo como ser pensante, ele não sai mais de seu quarto, a situação piora, etc.

Um homem decide fugir de seu país natal e naufraga. Rapidamente depois de ter reconstruído condições mínimas de existência, lança-se em projetos cada vez mais gratuitos até se tornar um santo que se ignora.

Leio os resumos. A temperatura é estável como no interior de um elefante adormecido.

Não me vêem, é meu objetivo principal. O alçapão que fecha o buraco é recoberto por um tapete de grama.

Estou no fundo.

Sou dois peixes num vidro oval e bojudo, pendurado no corredor de um sótão. Sou uma fenda do assoalho cheia de migalhas dentro. Sou incolor e sem sabor.

Sou uma molécula que pertence à cadeira em que me sento, *engulo as más lembranças*, o ar não vem mais de cima, mas de todos os pequenos orifícios da terra que respiram. Estou no fundo nas raízes da íris.

A barriga dentro dos prados. Músculos-fibras no pedaço de terra. Carne de si mesmo no macio do solo. Pequeno compacto no cinza-natal. É assim que vejo as coisas.

É bonito.

Tudo está em tudo. É magnífico, *engulo as más lembranças*, como as trutas engolir engolir a mosca engolir a mosca. Aqui estou aqui fico.

18

A pessoa sempre sentada à cabeceira da mesa. Já tinha reparado nela havia muito tempo.

A primeira vez, foi experimentando um novo tripé para lunetas.

Ela passeava diante de meu posto camuflado para vigilância do pessoal de serviço. Ruiva, nariz grande e grandes pés. Sempre procurando borboletas e olhando dentro dos formigueiros ou mergulhando as pernas em alguma cisterna logo que a temperatura passa dos 31° à sombra.

Por sorte eu tinha previsto acoplar uma máquina fotográfica àquela luneta. Cada molécula de seu rosto ampliado parece uma mancha cinza invisível. Deve-se colar tudo e colocá-lo a grande distância para poder reconhecer alguma coisa.

Suas sardas de ruiva são como abelhas ou como sol no mato peneirado por uma folhagem ou como formigas numa pêra, ou como besouros numa alface.

Com o calor, essas manchas devem fermentar e produzir um calor anormal, como uma febre devoradora da terra, um pedaço de carne exposto numa parede, um quilo de ameixas enterradas, uma cabeça de coelho num armário, uma tripa de salame atrás de um armário.

Vou pegá-la.

Avanço ao longo da parede em apnéia para não fazer tremer a gelatina do prato que vou servir.

Entro.

— *(...) minhas próprias pesquisas junto aos falantes de um certo número de línguas do norte de Gana, e então, isto é, então (...)*

Aproximo-me da mesa de apoio com a grande bandeja com tampa que se imagina sempre estar cobrindo a cabeça assada de inimigo transformado em porco, javali, boi. Lembrança das tortas que escondiam pombinhas brancas ou bolos recheados de sereias. A pessoa que estava falando pensa assim em todo caso, pois ela pára de falar e mantém os olhos fixados sobre o relicário-pelourinho.

Verificação rápida. Ela está ali. É ela mesma.

Ela é mais bonita pessoalmente. Sardas ideais.

Vejo-a em cores.

Gosto dela.

— *(...) levam-me a conclusões similares*, prossegue uma voz que identifico agora como a do primo. *A idéia de negrura associa-se à obscuridade, inversamente, a brancura é inofensiva. Eles pensam como nós (...) o que mesmo assim deve nos levar a dizer que existem traços de consciência universais. CQD.*

— *Isso nos tranqüiliza*, diz M, irônico diante da demasiadamente longa explicação de algo que ele já sabia, *detesto sociólogos e psicanalistas que dizem que no fundo um gato é um gato enquanto explicam que um gato é um gato*, em voz baixa para a convidada II à sua esquerda (repolho roxo, tailleur azul elétrico, escarpins fluorescentes) que não entende o francês falado.

Destampo para a convidada I a bandeja na qual está o *bœuf poché au stilton sauce sombre*, recomposto em pé na escala de 12/100.

— *Admirável esse [ ]?* aventura-se o artista residente.

— *Bœuf poché au stilton*, berra o convidado IV (macho, condecorado, olho de vidro) para provar que ele conhece o prato e que a pergunta não tem sentido (art. 415, nunca falar da comida à mesa).

Mas como nunca falar de alguma coisa quando a estamos fazendo?

— *Po-ché*, insiste M, para manifestar sua desaprovação àquela discussão que nunca acaba. No mesmo instante em que nosso artista (rosto encrespado, catapora, roupas compridas demais) mune-se do garfo a fim de apanhar duas fatias do boi que ele visivelmente adora.

— *Adoro.*

— *Só se adora a Deus*, responde um homem na ponta da mesa cuja voz eu ainda não havia ouvido.

— *São cães soberbos mas!?* alega M para agarrar no ar uma conversa paralela mais excitante.

— *Zoberrrbosz!* grita o convidado VII (peruca e falso bigode tingido), *zão cainz zoberrrbosz*, tosse, tosse, estrangulado.

— *Cães de concurso, não de caça. Não, não, eu me re-cu-so categoricamente a ficar com um deles*, prossegue M.

— *Maz eles zão zoberrrbosz!*

— *Não obrigado nunca que coisa só me matando pra me fazer aceitar obrigado*, o último obrigado mais fraco porque é o momento exato em que sirvo a ele o vinho e ele não gostaria de deixar transparecer que é a mim que ele está agradecendo. *Só se quiser me matar agora*, sobe na mesa e arranca a camisa.

— *Que jardim mag-ní-fi-co você tem!* exclama o convidado VIII, parkinson + mau hálito (mesmo de costas).

— *Tentei colocar mais volume com essas urzes já que elas eram onipresentes na floresta circunvizinha*, prossegue M ainda de pé em cima da mesa, *nós percebemos que elas constituíam uma grande família e assim nasceu, como por necessidade ecológica, a idéia do jardim atual*, declama ele com um pé quase enfiado na compoteira.

Paisagem de subfloresta com dominante de samambaias
que prosperam
apesar da exceção daqueles lindos 27 graus negativos do famoso inverno
quando tudo morreu

A dura lição nos fez sensíveis
ia dizer à noção de duração

Essa subfloresta circunda um jardim interno
formado por sebes
que circundam um jardinzinho
selvagem não desbastado mas sonoro.

— *Alto-falantes difundem permanentemente o ruído amplificado dos insetos e pássaros que lá se encontram*, prossegue M, mais pedagógico, voltando a sentar-se mais calmo. *Nossos bichos no início ficam surpresos ao ouvirem seus próprios cantos em eco, mas muito rápido, por instinto, diminuem proporcionalmente o volume de suas vozes até reencontrar o nível sonoro habitual*, termina com os olhos revirados.

— *Formidável*, tenta o convidado desconhecido. *Ffffffffffformidável*, assobia entre os dedos.

— *Cada um na sua, hein? Os animais na deles*, prossegue, olhando para o assobiador com olhos gelados. *As formas e os volumes são espantosos, respira-se, sente-se bem ali. É um microclima, é onde podemos nos sentir o melhor possível, fica-se feliz, está-se em casa. Por princípio não utilizamos nenhum adubo químico, o solo é recoberto de mutch, húmus mole caseiro misturado peneirado ligado por um adubo natural à base de algas e de esterco de vaca. Depois, seja como for, a natureza também faz sua parte do trabalho, mesmo que seja para dominá-la. É assim para tudo.* Respirando três vezes. Pede um remédio especial para nervos. Engole-o sem água. Sopra duas vezes *Sirvam-se!*

— *Sirvam-se!* repete para a anoréxica de olhos inchados pelo comprimento das frases, *não, não*, assustada com o enorme pedaço de carne que mergulha em seu prato num vôo picado. *Pegue aí esse belo pedaço de carne de boi, é bom para o que você tem, embora fosse melhor um bom touro caseiro que é o que você precisa.* Levantando-se e afastando as mãos uma em cima da outra:

Espessura dos medalhões

19

14h45. Café. Colocação sola aderente estriada especial para tapetes, lentidão em assoalhos e cerâmicas, que pode criar um leve prejuízo, mas trocar sapatos em função do chão é delicado.

Pode-se também adotar o calçado único mas munido de aderência variável. Não aconselho.

Aproximação da bandeja.

Esquivar-se mesa. Pegar cafeteira servir. Reprimir a vontade de derramar bem do alto.

Verificação temperatura com leve fumaça na chegada às xícaras. Calor mantido graças a uma transformação discreta da cafeteira. Rachá-la em duas, escorrer nas duas partes um esmalte marinho que dá quase o efeito térmico do vidro. Risco secundário de odor persistente. *Ponha a bandeja aqui.*

— *Ponha a bandeja aqui.*

Entre os dois livros? Os mais belos relógios austríacos ou a monografia aberta na página dos mapas das escavações de Tróia? Olho mais acima pelas janelas (para não mostrar que fotografei literalmente a página) para o maciço escuro dos cumes da Pyracanthea gigante. Com um ar ausente modesto, para captar de suas memórias que acabo de olhar de bem perto algo que não me pertence.

Mas na verdade não é isso. Eles estão conversando, não viram nada, ótimo. Não viram, não perceberam, ponho a bandeja entre os dois livros, *ela está ficando menos equilibrada de repente, sabem*, diz M.

Ela está ficando menos equilibrada
de repente
sabem

É triste
vê-la assim
apesar de tudo

Ela está perecendo aos poucos
eu lhe disse
você faz o que você quiser minha amiga

Isso vai lhe fazer bem
senão você não sai dessa

O ser humano
apesar de tudo exige
uma certa dose de [ ]

Não são as pessoas retraídas
como poderia dizer...
que passam bem

Estou esquematizando
como quando se diz
espinafre <u>*é bom*</u>
para pessoas estéreis

Parêntese
um dia vou escrever tudo o que eu como direto
Miúdos principalmente.

Mas ela comete um erro <u>*enorme*</u>
Claro que com um problema como esse
é difícil mesmo.

— *Isso me lembra o que contava o mecânico*, acrescenta o convidado desconhecido, a fim de dar uma maior veracidade à demonstração de M, *ele dizia "Veja a senhora Duc".*

— *Ah ah ah*, urra M. *Veja a senhora Duc que mora na floresta. É isso? A história do mecânico?* olhando pela primeira vez nosso convidado como um ser humano.

Veja a senhora Duc que mora na floresta
olharam seu intestino
e estava inteiramente canceroso

É por isso que
não deixo ninguém olhar meu intestino
diz o mecânico.

20

Trata-se de atrair a pessoa ruiva com um pretexto qualquer para o meu quarto. Vou mostrar as vitrines onde guardo os objetos de família por seções numeradas.

Entre é por aqui. Cuidaaaaado com a cabeça. Aqui está. Entre.

Na verdade recolhi ao acaso todo tipo de restos escondidos no bolso canguru, invisíveis por baixo de minhas roupas habilmente cortadas. Pedaços de lençóis e de roupas rasgadas, cabelos cortados, amostras de escritos, papel de presente, selos, asas de borboleta esfareladas, moedas furadas, velas coloridas inutilizadas.

Soube-se recentemente que Pompéia não era mais que um acampamento de mendigos no momento da erupção, vou lhe dizer nesse momento, acendendo com o pé a iluminação indireta das vitrines.

Os objetos redescobertos já eram objetos reciclados.

Como um carro de corrida que se tornou poleiro de galinhas.

Olhe esta foto.

É o que lhe explico como preâmbulo.

Você deve estar com calor, não, está bem assim? O que orienta a classificação, *suas sardas são maiores de perto que de longe*, não é a cronologia mas a ordem de degradação das coisas num dado momento. Eis um ovo e no que ele se torna seis meses depois, em doze etapas. Veja em que se transforma uma impressão digital do século passado exposta ao ar, veja uma outra guardada a vácuo, incrível, não?

Você não está com calor, não? Ótimo. Eis então em uma palavra a Obra do Tempo sobre objetos privados. Com uma modulação no o final + um s assobiado. Sem a proteção da poeira, da gordura, das cinzas ou da lava.

Esbarrar nela fingindo que é sem querer e agarrá-la apertando-se contra ela para tocar seus seios, odor = tanto % de e tanto % de. Temperatura = X°C. Consistência = tanto ± de elasticidade. Sensação dos ossos inferiores = ?

Adormecer sob o efeito da emoção.

Acordar nus. Sodomia. Dupla penetração, dedo no ânus + felação, lamber os pés, morder as coxas, etc.

Será feito.

Para preparar essa visita, é preciso portanto organizar as vitrines recolhendo objetos abandonados, nem que tenha de roubá-los para acelerar a coleção. Quem vai se dar conta do desaparecimento de uma metade de lápis, de um botão de colarinho de reposição ou de um pedaço de mata-borrão usado?

Alvo sardas.

Cada vez mais próximas perto do nariz apertado.

Olhos negros melro.

Mutismo voluntário entrecortado por períodos prolixos.

— *Vvvvvv-vvo-ccê eeeééé jjja-ja-ja-jardi-neiro?*

Resposta previsível, enxada numa mão rastelo na outra: Sou e aliás quero lhe mostrar uma coisa. Procure o erro, direi a ela, enquanto a conduzo a toda a velocidade pela aléia principal, virando à direita, aléia II à esquerda, aceleração máxima.

Ela é arrastada na horizontal, como a irmã de Peter Pan, aspirada para o céu como através de uma janelinha de avião aberta bruscamente.

Chegada canteiro de rosas brancas, em cujo centro da circunferência coloquei uma vermelha.

Procure o erro.

— *Ééé-éé a-a-a vve-vvermelha?*

E aí acrescento algo como: Parabéns, é isso mesmo. Ela é como você, uma Desconhecida neste Oceano de Banalidade, e quando ela piscar de surpresa, pego-a pela cintura, tiro sua blusa e opa aperto seus seios e a bunda. Ela se põe de quatro bem na hora em que um pequeno grupo de pessoas entra na estufa de plantas, *você vai me refazer essa vidraça*, olhando-me bruscamente, *o que você está fazendo aí?* Olhando-me interrogativo sobrancelhas negras apertadas fixas + olheiras = olhos de coruja morta.

21

Quando tenho tempo corro. Assim minhas articulações ganham flexibilidade. Braços em forma de forquilha para evitar o vento. A massa de gordura que envolve meus músculos na superfície se mexe em cadência lentamente como as dobras de um frango na gelatina.

Levanto ritmadamente pequenos grãos de terra que parecem a nuvem que formaria um cavalo numa mina de areia. *Farei desaparecerem as más lembranças*. É assim que vejo as coisas.

Correr é bom.

Sopro o ar entre os dentes como se deve fazer. Dilato as narinas para aumentar o afluxo de oxigênio que se combina com o azoto presente em meu corpo graças aos alimentos estocados. Os açúcares lentos se propagam na velocidade ideal de sua utilidade. Estou bem em forma.

Estou cansado. 12 km. Avanço mais devagar. Minha respiração infelizmente é limitada pela estreiteza da coluna de ar interna. Esse gargalo de estrangulamento limita o acesso do ar novo cheio de partículas positivas que deveriam decuplicar minhas capacidades. Num caso normal.

Mas não neste aqui.

Alguns tecidos longínquos não são mais suficientemente irrigados. Risco de bloqueio definitivo. *Você vai ficar assim para sempre*. Zumbido perpétuo no ouvido. Tremor da pupila para sempre. Têmporas achatadas como os dois G que eu sentiria nos comandos do avião que risca o céu bem no alinhamento da sombra da ponta do pinheiro e a da mão minha que passa descoberta na pradaria-entre-os-muros. Tango zulu líder. Aleluia estou correndo. Meu nome é qualquer um. X Y Z?

Engato meu aumentador de velocidade. Passos imensos no mato. Salto acima das nogueiras do esquilo gigante. Pata com garras para arrancar terra. Pássaro no meio do céu. Ex-tapeçaria clic-clac em pleno azul. Que X te abençoe.

Há uma zona de sofrimento desconhecida. 20 km. Por que devo aceitar? Já faço muito. Não há razão alguma. Injeto o resto de azoto até as extremidades dos músculos. Pólens e venenos filtrados do ar externo tudo bem. Esmago ritmadamente pequenos torrões de terra. Meus alimentos estocados de manhã me dão autonomia suficiente.

Vai dar certo.

Todas as coisas ruins são transformadas em bem. Afundo no denso tapete de mato verde. Saltito na linha que tracei para mim.

É magnífico.

Mas estou um pouco cansado. 23 km. Isso não está funcionando como um relógio. Como deveria ser.

Há ruídos.

Como uma porta que bate lá em cima. Alguém que desenrola um arame. Uma tela grossa atingida por pontapés. Uma onda contra um balde de plástico.

Voltemos para casa.

22

Hoje vai ser mais difícil, fase II, digo a eles. Querem progredir?

Silêncio de morte.

Vocês acham que é suficiente escutar atrás das portas e recolher duas três informações de passagem?

— *Pode-se também se esconder embaixo de uma mesa*, propõe o novato.

Esconder-se embaixo de uma mesa. Excelente isso. Notável. Tente. *Onde está Georges?* vai perguntar uma voz acima de você.

E se ele tiver a idéia de olhar lá embaixo para ver se a campainha no chão está quebrada. Bravo Georges.

Há um melhor método para saber o que as pessoas pensam. Reconstituir. Estatisticamente, funciona. Se eu disser, assumo uma voz de convidado padrão *O tempo está ideal mas amanhã vai haver* (...)?

(...)?

— *Notícias*, exclama o engraxate.

Temporais! Imbecil. Levanto-me e lhe dou uma bofetada que o faz cair da cadeira. Ele bate a cabeça numa quina da mesa.

Restabeleçam por si mesmos o que falta. Por cruzamento de informações com uma margem mínima de erros. Moral da história: é preciso se comunicar. Estamos numa sociedade onde sofremos um déficit de comunicação.

Essa é a idéia. O jornal. Um Jornal Diário Interno e Confidencial de Informação. Sobre o que pensam, sentem, querem as pessoas a quem vocês servem. Toda noite, fabricação do jornal durante as horas extras não pagas (considerando que graças a esse órgão novo vocês ganharão tempo, logo tudo será benefício).

Trabalhar mais para trabalhar melhor igual a... ?

— *Trabalhar menos*, exclama o motorista feliz por ter entendido tudo. Esse é um que avança a passos de gigante. Deveria trocar todos os outros por ele. Ele tem algo, moralidade, uma real visão pragmática. Mas não vou aumentá-lo agora. Deixá-lo acreditar que é ainda um iniciante para que mantenha uma real vontade de progredir.

Aqui está, prossigo no quadro. Se a senhorita X teve um aborto natural provocado pela raiva de seu futuro sogro, colocamos a manchete "Aborto natural". E se deduzem disso, depois de uma rápida rodada na qual cada um expressar-se-á livremente, as possíveis conseqüências sobre os menus, horários de limpeza, material para banheiros, etc.

Tudo no jornal. Tudo explicado, com desenhos. Cada um se exprime livremente. Ousem dizer o que passa pela cabeça. Vamos dizer tudo.

Vai ser útil.

23

O coelho sai de uma moita de aspargos eretos. As costas têm pêlos de alcachofra tingidos com vinagre de framboesa, e uma verdadeira cenoura entre os dentes. Os olhos são simulados por dois grãos de cassis.

A conversa prossegue porém mais desagradável.

— *Como assim "Bons Selvagens"? Você está completamente doido! Pois muito bem compare uma ária de seus amigos com um coral bem escrito! Ora essa! Ora essa!*

— *Você está errado*, diz o convidado desconhecido que rumina seus fracassos anteriores com amargura. *Não é verdade eu garanto, é sim, é sim*, diante dos vagidos negativos de M.

— *Você é um imbecil.*

— *Epa! você está perdendo o controle meu caro*, diz o desconhecido imprudente.

M se levanta, sobe na mesa, puxa-o pelo paletó, repete três vezes *ah é? então estou perdendo o controle* e lhe enfia na barriga a faca de destrinchar. Um enorme jato de sangue negro cobre a toalha da mesa.

Gostaria tanto que ele fizesse isso.

Faz, faz.

Posso influenciá-lo a distância, ele sente que o estou olhando, espeto mentalmente um personagem de cera parecido com ele, *passe-me o molho*, diz ele, mostrando que entendeu, é um código, quer dizer passe-me a faca, ele vai matá-lo.

Se ele não matar, mato eu, ah mato, oh perdão deixe-me ir na sua frente, o corredor é escuro. Cuidado com a cabeça. Por aqui. Cuidado com os degraus e então plaft.

— *Etnocentrismo / regressivo / leia novamente as páginas de /* prossegue afobado e aos trancos o primo redundante.

— *Sirva-se e sem ressentimentos meu caro, pegue a cabeça, é a melhor parte, sim, sim, já está cortada, está. E você minha cara?* dirigindo-se à anoréxica, *pegue o rabo, isso, pronto, com raiz forte o gosto sobressai, isso, isso.*

Vou servindo os legumes no sentido anti-horário. Repolho e nabo como recheio de miolos. O primo retoma sua explicação sobre os mitos.

— *Que não são mitos no mesmo sentido em que nós entendemos. Como o Unicórnio ou Pégaso. Mas esquemas de percepção mais próximos de nossas sensações habituais como o frio e o quente, o cru e o fervido, o queimado e o não fresco.*

— *Moral da história*, berra M, *quando estou com vontade de mijar, com o perdão da palavra, isso é um mito?*

— *Para os baramabaratamaras, enterrar os mortos sem uma pedra nos pés é um tabu absoluto. Querendo lembrar com isso que antigamente o mar cobria a terra e que isso pode voltar.*

— *Pare com isso agora*, urra M.

— O mesmo acontece com as fobias, prossegue o primo, cabeça baixa.

— *Fobia de quê, por favor?* continua gritando M.

— *Simples*, diz o convidado desconhecido que esperava sua vez. *Há dois tipos de angústia, a 1ª é automática, não se pode fazer nada, a 2ª chama-se "sinal de angústia", e serve para evitar o aparecimento da 1ª, portanto é uma angústia econômica, isso deveria interessar a você.* Levanta-se e joga seu copo contra a parede.

— *Se o sinal de angústia não funcionou*, prossegue ele em tom de "cientista maluco", *o desenvolvimento da angústia engata para passar à fase II, estado de tristeza permanente*, põe-se de joelhos, *autodepreciação, atos incontrolados*, finge se estrangular, *assassinatos rituais, sacrifício humano, rapto incontrolável.*

Amarra o guardanapo na cabeça como um pirata e prossegue correndo em volta da mesa com os braços erguidos, *perda do objeto transicional amado, neurose do destino, fuga na doença, viscosidade da libido, maternação errônea de seus próximos, erotismo urinário irreprimível, necessidade de punição, cena primitiva em eterno retorno e, aí, babau.*

Silêncio total.

— *É assim mesmo, posso garantir. É assim mesmo,*

acrescenta naquele silêncio. Volta a se sentar. *É exatamente assim que acontece, posso jurar. É sim.*

— *Quem lhe disse isso?* pergunta M.

— *Eu li num livro sobre o homem que descobriu o [ ] ahn você conhece. Como se chama o livro? você conhece, aquele onde tem pessoas numa casa e, no fim, mais nada, não sobra ninguém.*

Rosto afobado da pessoa na cabeceira da mesa. Ela está começando a se sentir mal. Volto-me para a mesa de apoio. Vou salvá-la. Está decidido. Volto-me. Ela me faz um sinal. Ela me deu uma piscada. É o sinal.

Por que não pensei nisso antes.

Ela está no meu campo. Eu sabia. Vou salvá-la. Vamos fugir juntos. Correr nos campos. Escapar dos cães. Andaremos nos riachos para eliminar nossos rastros.

Corpo branco não acostumado ao sol.

Você deveria se proteger. Ponha isso, estendendo-lhe uma espécie de pele animal. Assistir discretamente ao seu despir-se para recensear as sardas.

Conservar memória de tudo.

Uma pele arrepiadinha. *T-tô-tô com f-frio.* Não, não, venha você vai ver é tão bonito quando se chega aqui. Os acidentes e as surpresas vegetais daqui são um milagre, é claro. Os ramos caídos por acaso brotam novamente nesse terreno ácido e opa trepam novamente logo em seguida. São enxertos naturais que formam a selva, passe por ali, isso, cuidaaado com os espinheiros. Pronto.

As plantas, desacostumadas com a exposição ao sol, tomam uma grande dose de vitaminas e opa como proliferam.

Cuidado com os vírus que é claro paralelamente não deixam de se fortalecer.

— *Ví-ví-vírus?*

É, digo, vírus in-des-tru-tí-veis. São plantas carnívoras. Por quê? Bem, agarrando-a pelo pescoço, porque a natureza é feita assim, é assim, é assim, você está cansada, está com calor. Suas pálpebras estão pesadas. Deite-se. Isso.

É um cobertor de salvamento.

Não se mexa, vou buscar lenha para uma fogueira. Como? Tenho um machado, veja, é especial com dois gumes, como o de Clóvis. Tchan de um lado, tchan do outro. Já volto.

Se aparecerem formigas ruivas não se mexa, o negócio é ficar imóvel. Depois de um tempo, pensando que se trata de uma árvore morta, elas vão embora. Olha, venha para perto das chamas, temos que acampar aqui, eu sei, eu sei, mas é assim.

Em caso de perigo deve-se criar uma hierarquia, veja os clássicos. É preciso um chefe. O nº 1 sou eu, declaro bem ereto sobre minhas botas com reforço de aço. Sei que é o argumento máximo, é por isso que já estou em cima dela, pendendo de través, com a mão entre suas coxas para mantê-la, e a beijo. O que faz correr um fio de baba no canto de nossa boca. *Para mim são os quartetos* me causa um sobressalto.

— *Para mim é isso*, grasna um homenzinho frágil, *tudo de que gosto está nos quartetos. Já disse que meu pai era médico não é mesmo, e ele preferia as sinfonias. Meu tio dizia para ele: Isso é música para o bucho.*

Parece que ainda o ouço dizer: Mas você com essa porcaria de minuetos, essas musiquinhas de nada, esse frufru todo, você me faz rir.

— *Ele tinha razão,* diz o convidado desconhecido que ainda tentava a sorte, *pois a arte sinfônica prefigura os movimentos abstratos modernos que se seguiram. Por seu aspecto monocromático, se posso dizer assim. Repetitivo, mínimo, econômico.*

Silêncio.

— *Isso me lembra que uma noite. Toc toc. Quem é? Aquele organista superfamoso,* exclama M, *como ele se chama mesmo droga, Casoar? Médor? Radar? Pouco importa. Radar era cego. Então ótimo, tocamos, a quatro mãos, jantamos. Ele é acompanhado até seu quarto, entra e diz: Ah obrigado por terem subido minha mala. Ele percebera pela mudança acústica que sua mala estava no quarto. Isso que é ouvido! E além do mais sempre alegre, muito engraçado, dizendo a torto e a direito "sim eu vi" ou "vejo que" ou "estou vendo estou vendo". Magnífico.*

— *Isso me faz lembrar do humor espantoso de um de meus homens,* acrescenta o convidado desconhecido, *um dia estávamos voando e os caras lá embaixo começam a atirar em nós. Bum fomos atingidos no reator direito. Pois bem, meu navegador, um de nossos garotos do 2º Batalhão dos Zuavos* volta-se para mim e sabem o que ele me diz? De supetão, ele me diz: Tempo bom*

* Batalhão de infantaria argelino da época colonial francesa. Termo também usado pejorativamente: inepto, incapaz. (N.E.)

meu coronel. Hoje as coisas mudaram. Dá para entender a amargura de nossos veteranos.

— *O ser humano*, diz a mulher de dentes de ouro, *mesmo assim ainda é capaz de grandes gestos. Concordo. Só que, dois anos depois, fica-se sabendo ao ler o jornal que aquele mesmo santo homem matou a família com seu fuzil antes de "Atirar Contra Si Mesmo". Agora pare com essas lembranças de guerra. Você já está enchendo.*

— *O quê?*

— *Isso mesmo, enchendo. Precisa ser por escrito meu coronel?*

— *Acabe com esse coelho, grasna M. No buraco da bala, há uma cenoura. Quem encontrá-la vai ganhar uma surpresa da casa.*

24

Noite 6 km. Hiperoxigenação do cérebro por aceleração dos batimentos de braço. Hoje vou fundo. 18 km/h. Estou me saindo bem. Cadência 37 movimentos/minuto. Sou inseto com asas de aço, o escaravelho voador. Mosca de papel, máquina de ossos, *acabem com esse coelho acabem com esse coelho*. Iniciar ligamentos tornozelo 422.

Motor, opa respira.

Corro.

7 km. Descida às cegas direto para o som das águas negras. Bombardeiro no escuro. Anão que escapa pelo mato negro. O morcego sou eu. Minha capa aberta como asas *vou fugir desse pesadelo*, sou um pássaro chip-chap-chip sou um rato a propulsão bip-bip sou os dois. Tenho um radar que me indica em tempo real onde estão as coisas. Passo sem bater em nada. Estou no tempo correto.

Estou nos tempos. 8 km.

Sou vegetal, não como a mesma coisa que os outros, clic-clac eu vôo.

Fachadas paredes fendas dobras.

Vôo rasante fio de cortar manteiga máquina-ferramenta.

Autoteleguiado.

Vôo logo existo, etc.

9 km.

Penso nela, penso nela. Enganei-me. Estou enganado. Não tinha entendido. Ela é uma pessoa de verdade. Ufa. Título?

Senhora?

Princesa-Eu-Lamento?

Você?

Inventar para ela uma dança especial. Minueto de mim. 12 km. Paro para respirar. Danço nos campos com os sinais de tristeza do corpo. Estendido braços abertos = ajude-me/venha me buscar. De pé, pernas abertas, um braço levantado = tudo vai bem/esqueça-me.

Vendo do alto, logo se entende a mensagem.

Mas sou muito pequeno, não me vêem. Encolhi na natureza. Soldado de pau numa muralha de árvores. Anão confundido no cenário. Eu perdido nos transparentes. Não se pode ser tudo. 14 km. Não faz mal. Estou maravilhado com o céu como quer que ele seja. Estou em segurança aconteça o que acontecer. Meus calçados saltitam na pista elástica de capim. Traço com meus pés uma linha branca sobre ela. Corro para traçar uma linha sobre ela. Traço uma linha feita enquanto corro. Piso a polpa do mato claro. Esmago o miolo branco da polpa do capim pisado. Como a linha de um avião a jato no azul do céu. Mas não podemos ser tudo.

É uma pessoa de verdade.

Eu não sabia. *Não é culpa minha.* Deveria ter dito a ela. 16 km. Escuro cada vez mais escuro. *Não foi por querer.* Vou salvá-la. Mais rápido. Acelerar ao final. Ufa.

Como não pensei nisso antes?

Você é uma pessoa de verdade.

Não sou inteiro então corro. Tudo parece com tudo. Tornozelos + tíbias + omoplatas. Tudo trabalha. Os músculos dos olhos também. É a primeira vez que estou vendo em cores.

Preto e branco é passado acabou.

Aqui e agora é magnífico.

As células coloridas dos olhos ativadas. O sangue especial que constrói a visão em relevo. Os músculos das idéias que passam pela cabeça também. Tudo está em tudo. Corro na água escura até o pescoço. As ondas que se deslocam vão alertar os peixes. 18 km. Sou da mesma densidade da água. Cor chumbo + cor noite. Mas não podemos ser tudo.

Não faz mal.

25

Devemos parar por aqui, explico-lhe o mais calmamente possível. Ser chefe é isso, tranqüilizar mas ficar firme. Não se compadecer de forma alguma, pois as dores que acometerão o subalterno somente virão por sua inexperiência.

Com o tempo é claro aprenderá métodos para sofrer menos. Tarde demais, já que graças aos avanços você estará cada vez mais protegido.

O que você pensa? Acha que é o general que fica na linha de frente esperando o projétil? Não, ele fica em sua barraca de campanha. Ele reflete. Deitado numa cama de couro. Ou em pé diante de uma maquete da batalha. Como deve ser.

Se ele morre, quem vai pensar na tática?

Preciso desenhar um novo uniforme muito mais berrante. Para me distinguir das tropas. Para poder ficar na minha barraca e decidir com a maior concentração sobre os planos futuros. Durmo muito pouco. Trabalho o tempo todo. Estou com um novo uniforme vermelho e preto, um capacete com plumas, sapatos de bico de aço, a vida é bela, penso em tudo.

— *Quê?*

Nada, estava dizendo que íamos parar por aqui para construir nosso acampamento. Descansar um pouco.

Então ficamos aqui.

— *Maaaaas...* — objeta ela.

Sabia que esta ordem necessária à sua sobrevivência ia parecer absurda a você, deslocada, mas repito que isso é ao mesmo tempo privilégio e o destino maldito dos chefes, o fato de nunca serem compreendidos.

Aqui, para mudar de assunto, puxo minha bengala dobrável e começo a explicar que as sebes de espinheiros e as raízes não possuem proteínas suficientes para nossa sobrevivência.

Mas por sorte a temperatura atinge os 16º requeridos, o frescor, aumentado pela aceleração da corrente, atrai uma multidão de abelhas e de moscas d'água, etc. E há aqui um peixe que será nosso jantar. Nada de preocupação, concluo.

Se ele for muito grande poderemos defumá-lo para fazer pemmican.

— *Pp-pepe-m-mimi?*

Pemmican. Carne de peixe defumado, reduzida a pasta, comprimida na tripa de um ruminante qualquer. Temos que matar uma vaca.

— *Ma-ma-ma-tar uma vaca!*

Os inúmeros acidentes que acontecem estatisticamente aos insetos produzem por segundo uma quantidade de cadáveres suficiente para alimentar peixes de tamanho correspondente, digo a ela para aliviar o clima.

Naquela ponta de mato e na diagonal daquele galho meio afundado está o peixe do jantar, olhe.

Projeto minha linha torcendo o pulso ao extremo para dar efeito no meu chamariz a fim de aliviar a queda da mosca que cai a 1 mm do local visado. Nada mau, não?

Com um movimento do pulso, chicoteio com a linha desenrolada por cima do meu ombro. Assim, veja. Pronto.

Impulsiono a Sydney nº 4 especial, da qual tinha trocado o Hackle de pena de galo por um outro de pena de pica-pau de ponta verde vermelho e verde no qual enrolei parcialmente uma linha de seda azul-elétrico, exatamente no ângulo de visão ideal para o bicho que ouve o leve pouso e descobre a barriga de uma mosca caída daquela moita de flores douradas agitada pelos zéfiros matinais e iluminada pelo admirável sol do verão.

Bonito não?

— E que é que a-cccc-contece depois?

O peixe se ejeta da água, engole a mosca e quebra a ponta da linha.

Falhei.

Se cavarmos um canal para desviar a água, acrescento para mudar de assunto sentando-me na margem perto dela, cimentado, com duas grades verticais de cada lado e um sistema de válvulas reguláveis para aumentar a pressão, e deixarmos ali os peixes capturados, eles reencontrarão (em 90% dos casos observados) sua posição natural em um ou dois dias.

E pescar continuará sendo um esporte. Sem truque. Um canal mesmo estreito não é um aquário. Aproximo-me para apenas aflorar suas coxas com as minhas. 38° + tremores.

Acaba-se aliás por reconhecer os peixes e se apegar a eles, acrescento, para tentar enternecê-la.

De tanto pescá-los e soltá-los. Ficam com a cabeça fora d'água, e mesmo que esse tremor ateste o estresse, pode-se pensar que eles talvez tenham adquirido a idéia de que não lhes faremos mal e que o ar para eles é tão agradável quanto a água para nós, quando temos certeza de que não vamos nos afogar claro trin!

— *Que você faz olhando a parede desse jeito? Faz uma hora que estou tocando a campainha, e isso é o quê?*

Efetivamente, o botão vermelho que corresponde às chamadas da biblioteca está piscando e o n° do Quarto Amarelo também. Foi nesse momento que entendi que as coisas não estavam mais funcionando como deviam.

26

Senhores, digo a eles erguendo a cabeça. Fiquei pelo menos dez minutos traçando equações no quadro, de costas. É preciso uma remotivação. Os números caíram. Satisfação em baixa. Cabeças vão rolar.

Os pequenos proveitos oportunistas que alguns de vocês acumularam em detrimento do trabalho coletivo a-ca-ba-ram.

Vamos organizar uma pequena manobra. Os que não a seguirem, fora. Erro profissional. Adeus.

Confesso a vocês que estou nervoso.

— *Com razão*, diz o motorista.

Obrigado e ainda bem que vocês não são todos assim. Muito bem. Então, as manobras domésticas. Quem não puder acompanhar vai receber uma granada. Adeus.

Dois grupos divididos na floresta. Azuis contra brancos. Jaula de bambu para os perdedores.

— *Jaula de bambu*? gagueja o açougueirinho.

Primeiro slide.

Chega de dar voltinhas circulares pelas aléias. Usamos um fundo de mapa do Instituto Geográfico Nacional ampliado. E depois uma reconstituição fotométrica estereoscópica, ou seja, uma dupla de fotos aéreas que se encavalam em 35% para que se possa ver o relevo. Os levantamentos foram efetuados com bússola, passo a passo, a fim de retranscrever tudo.

Verde e branco para a floresta. Quanto mais verde-escuro menos se pode passar. O amarelo corresponde às partes banhadas pelo sol. O preto à planimetria: rochas, falésias, habitações. Ainda que cheguem lá, não acredito que pudessem bater em alguma porta para conseguir uma tigela de sopa e a chave do celeiro para tirar uma soneca.

O azul é o rio. Próximo slide.

O marrom, o relevo. O mínimo buraco e a menor colina foram notados. Sem contar os locais perigosos indicados em roxo. Podem saber se poderão cair sobre samambaias ou sobre mirtilos. Cuidado Espinheiros às 10 horas.

Terão uma bússola achatada no polegar. Deve-se correr por antecipação. Memorizar a mínima armadilha.

Slide seguinte. Rochas delicadas.

Os brancos começam por ali. Os azuis do outro lado. Balas reais.

27

Toc toc.

Nada de resposta. Talvez esteja dormindo?

Abro, com seu colete recosturado embaixo do braço. Hum, falo mais alto para ser ouvido no escuro. Aqui está o seu colete recosturado. Coloquei titânio à prova de balas. Pronto para uma nova batalha. Ha-ha, eu rio.

Ouço sua respiração.

Atravesso o quarto tateando em direção à cama mas acabo indo parar do outro lado.

Ele é médico, deveria compreender.

Tenho uma idéia, digo em voz alta, vou contar tudo. Acho o interruptor. Acendo o lustre. Jogo-me em cima da escrivaninha, coloco seus óculos, pego o cortador de papel e espero que ele acorde.

— *Que horas são? Que você está fazendo aí? Por que acendeu essa luz?* Cabelos para cima + olhos arregalados. *Que horas são?*

Nem preciso dizer que sou ascendente Capricórnio, signo da terra, com uma tendência para o erro no segundo decanato compensada por um bom destino em Aquário. Não, não.

Conhecem os microscópios eletrônicos?

— *Que horas são? Você é louco ou o quê?*

Podem-se ver dentro da carne as moléculas que se agitam como vermezinhos no fundo de um balde sem serragem. Então, no interior de meus pensamentos principais, esconde-se uma infinidade de bem pequenininhos assim. Estão vendo? É a mesma coisa.

Vamos ao fato principal.

Jogo-me sobre o tapete imitando um soldado que se arrasta. Girar em duas mil rotações por segundo, nadar vestindo o macacão antifogo, com botas de chumbo. Aparado pelo mato. Consigo imitar todas as vozes. Fffffff mato água, zzzzzzz a água-pantanosa funda profundo vaso bambus haac haaac pássaros-mamíferos. Entro no tapete como só eu sei fazer. No fundo da selva verde e vermelha. Vamos, em frente. Não consigo. Deixem-me camaradas não agüento mais. A perna, etc. Matem-me, vou atrasá-los.

Vamos matem-me.

Volto a me levantar e avanço até perto da cama.

E isto? mostro-lhe uma cicatriz abaixo do joelho. E isto? A bala entrou pela barriga. Atravessa o fígado e ricocheteia na omoplata para vir se alojar aqui.

Está sentindo esse caroço, aqui?

Ele está dormindo. Ele não quer acordar mesmo. Respira de forma estranha, só uma vez a cada duas. Expira duas vezes. Inspira uma vez.

Apago a luz.

28

E se eu construísse uma maquete do rio?

A água represada. As árvores caídas em miniatura. Sombra de folhas em papel metálico. O canto dos pássaros reproduzidos por efeito de alto-falantes habilmente dissimulados nas paredes do céu.

Isso não serve para nada.

Ou então fazer como o convidado desconhecido deveria ter feito. Como se deve fazer quando se quer explicar suas batalhas convenientemente.

Quando se deseja do fundo do coração ser aceito numa conversa normal.

Para persuadir as pessoas é preciso técnica.

Instalar uma grande tábua grossa sobre rodinhas. Esculpir uma paisagem em relevo. Neve de algodão. Pinheiros de espuma.

Enfiar uma roupa caseira, ajustar um monóculo, alisar o bigode e sentar-se numa cadeira de rodas de veterano.

Vamos lá.

Os dois batalhões desfilam em uniforme completo de combate. Tranças da túnica cor de junquilho +

bolota da mesma cor na ponta da touca em torno da qual foi enrolado o turbante branco, comento ao empurrar meus bonequinhos para a frente.

Aconselho fazer a voz 56/V com respiração asmática (para dramatizar levemente).

Aqueles homens admiráveis executam sob uma garoa de projéteis uma marcha de batalha "soberba", armas sobre os ombros, como numa parada, alinhados em reta, tadidadidadida.

Enquanto isso (movo os soldados do fundo) quase ao mesmo tempo, ali (pronto) tiros de fuzil retinem entre os arbustos.

E aí fffffffff atençããããão ffff buum.

Mísseis-morteiros, senhores, uma arma que hoje transforma as próprias concepções da estratégia.

Conversão 360°.

Apertar o botão camuflado no braço esquerdo da poltrona.

Desenrolar automático da tela.

Varinha.

Como podem ver aqui neste filme, senhores, em câmera tão lenta que parece não haver movimento (ao contrário dos filmes em que se vê uma flor se abrindo em câmera acelerada), pois bem, o míssil-morteiro combina a segurança do clássico e a virtude do moderno.

Todas as coisas vivas são destruídas, mas não os bens materiais. Tudo fica impecável. As flores nos vasos. O chá no bule. Os ovos na caixinha.

Nesse ponto a mulher-de-dentes-de-ouro me olharia com admiração *oh ele é maravilhoso.*

Seria a primeira vez.

Logo chegará a minha vez.

Nesse momento, o porta-estandarte do 2º Zuavos pergunta ao coronel (eu mesmo) que se detém atrás do centro do regimento, isto é, atrás do batalhão, à esquerda do qual está colocado o estandarte e que chamamos de batalhão do estandarte: meu coronel devemos desfraldar a bandeira?

Ele quer dizer com essas palavras: "Devemos descobrir nossa águia retirando o estojo de lona encerada que durante as marchas a protege da chuva e da poeira?"

Respondo-lhe que não é preciso e que veremos mais tarde. De fato se uma bandeira desfraldada é colocada na linha de frente, como era o caso em nossas formações antiquadas da época, ela pode se tornar um indício comprometedor, em muitas fases do combate onde se deve camuflar uma linha de batalhões em qualquer mínima falha do terreno, esperando o momento do ataque ou do assalto decisivos.

Não é um detalhe insignificante, senhores, assim como veremos a seguir. A bandeira fica então enrolada, mas com sua guarda por perto, formada por um cabo e doze homens.

Um segundo depois um obus cilindro-cônico de 120 cai sobre esse grupo visível demais.

Concordemos que treze pares de calças vermelhas bufantes são um alvo ideal numa paisagem de neve.

Minha maquete explode.

Extermino três pinheiros.

Citação: Esses homens corajosos abatidos pelos estilhaços de um obus iníquo serão sempre nossos [ ]?

Grande-cruz com Folhas abertas de verão em Vôo de Águia.

Comandante do Teatro de Operações Externas.

Cavaleiro da Posteridade (da reserva).

Cavaleiro da Lembrança dos Sofrimentos.

Parar.

A mulher-de-dentes-de-ouro vai ficar espantada.

Vou progredir. Farei melhor da próxima vez.

Saberei imitar todas as vozes. O barulho do canhão. Imitarei o pombo-correio. Os patos no mangue. O vento entre os álamos. O barulhinho da água + o cheirinho de juncos.

Imitarei o ruído da terra seca quando se anda nela. O ruído do mato que se desamassa depois de minha passagem.

Crac-crac-crac na neve.

Toc-toc.

Entro.

Conhecem este homem, senhores?

Imensa sala neogótica abobadada.

Não! (resposta do grupo de homens de uniforme + charutos + conhaques).

Pois bem é o nosso homem.

Falo carregando nos esses e erres como se deve fazer para se aproximar da verdade.

O almirante. O lugar-tenente dos asnos. Um dos únicos que podem realizar esta missão.

O cúmulo dos cúmulos.

O supra-sumo.
É dele que precisamos.
Aplausos. Bravo.
Gritos.
Avanço pelo corredor.
Escuro.

29

300 m, burburinho crescente, 200 m.

Mais depressa o suflê está murchando 100 m.

Abrem-se as portas ah o suflê murcha gritos: *Que liiiiiiindo Ah!* deveriam gritar.

Silêncio de desaprovação.

— *Quem fez esse suflê é um esfolado vivo*, anuncia M bem na minha cara.

Quem fez o suflê fui eu.

Confesso que foi bem nessa hora que fraquejei. Bem nesse momento cantei uma música em voz alta só para encobrir sua voz.

Aliás, essa canção é uma distração útil que garante a excelência nas realizações mais delicadas no momento de um vexame com risco de provocar catástrofes.

Eis o argumento.

O truque.

Senhores, é o umbral da audibilidade que é problemático, não a canção. Deve-se cantá-la à boca fechada. Os decibéis errados são mínimos em relação à melhora do serviço. Nenhuma palavra mais alta que outra, expressões firmes, cabeças balançando em aprovação tão lentamente, contendo saudações invisíveis a olho nu.

Pausa.

O fato, secundário, de murmurar uma canção no meio do meu serviço é apenas um "Acidente Industrial". Recuso portanto a causa de "Erro Profissional", falemos de "Desacordo" ou de "Incompatibilidade de Gênios", se desejarmos, não é o meu caso, dar a este episódio uma coloração unicamente psicológica.

Pausa.

Sou útil, e aqui lembro o último exemplo registrado.

Sou eu quem decide dissolver as ossadas que entulhavam o freezer por um jato de soda cáustica pulverizada graças a bombas improvisadas, e tenho certeza de ter contribuído para uma redução de orçamento de até 60% ao sugerir essa idéia.

Essa idéia, não posso recordá-la sem um devido recuo. Esse recuo só pode ser conseguido por meio de técnicas voluntárias. Essa música insignificante é uma delas. CQD.

Aliás tenho outras idéias, e vou aproveitar esta conversa para apresentá-las a vocês.

Para melhorar a segurança. Um submarino teleguiado. Uma pista de aterrissagem com caças miniaturas armados com metralhadoras, prontos para decolar. Com radar + comandos de voz. Ataque/Fogo/Alvo nº tal, etc.

Se alguém penetrar no jardim. Crau.

— *Algum problema? Que está fazendo ainda? Perdeu a consciência? E aí, esse suflê é para hoje?*

Realmente parece que desmaiei em pé. Bandeja na mão, de costas para a mesa de apoio, de frente para o grande espelho, e não sei quanto tempo exatamente fiquei ali.

30

Ela entra e diz, *que éééé iiiisso?* Pois você está aí dentro. *Quêêêê?* É uma maquete da casa onde você está. *Mas pra qqque serve iiiisso?* Olhe, chegue mais perto.

Fazê-la entender que as pessoas são sempre mais complicadas do que se pensa mesmo nos lugares inacessíveis da sociedade, com os olhos levemente franzidos + voz uma oitava abaixo, para dar um ar mais douto.

Completar a transformação acionando com o pé o controle da luz equipado com variador de intensidade que vai aumentando sensivelmente à medida que o ambiente fica mais tenso.

E aí, no momento em que ela se debruçar, grudar-me em suas costas e expirar em seu pescoço um ar quente, encaixar-me bem em sua bunda e esperar, pronunciando palavras desarticuladas. Ela se volta e gruda em mim, abrindo a boca para deixar passar a língua, instilando saliva permanentemente, seus seios se achatam contra a jaqueta do meu uniforme, um grito rouco sai de sua boca, seus olhos convulsionados pela aproximação de uma explosão de gozo, movimento dos braços, movimento do dorso, que a deixam vazia, adormecida, flácida no chão, sem vida.

Não entendo o que está acontecendo, lábios apertados, respiração nula, não embaça meu espelho de bolso. Enfio-a num enorme saco plástico do tipo entulho e a enterro na floresta perto do grupo eletrógeno.

Não tudo bem ela está respirando.

Se eu disser "Agora" já está acabado.

Entendem?

O tempo de pronunciar e aquilo já faz parte do passado. E então "Depois" nunca será "Agora", já que isso não existe. E então Amanhã" nunca mais será "Antes", digo-lhe, apertando-a bem forte em meus braços.

A demonstração a assusta.

No momento em que ela abre a boca para manifestar algo, enfio nela minha língua já apontada para a frente (isso já a havia espantado quando vira que eu conseguia falar com a língua presa entre os dentes) e a giro no sentido anti-horário, como se deve, em espiral, cada vez mais profundamente.

Até tocar os gânglios para obrigá-la a deglutir no sobressalto previsto que permite fazê-la pinotear sobre si mesma arrancando seu vestido, apagar com um chute a luz-tempestade que bascula no teto, pegar sua bunda do lado escuro com uma das mãos como se deve fazer e apertar sua nuca com a outra.

Algumas vezes, acrescento um odor de esterco reconstituído, ou escondo um pedaço de carne em baixo de um móvel, para criar um ambiente mais natural. Ou ruídos de vacas gravados: choques surdos nos estábulos + bafejadas. Espalhar palha no chão. Porta de madeira cinza descascada + rangido. Lâmpada vacilante numa armação de arame. Cimento com ralo para escoamento de urina. Ruídos surdos de palha mole gravados.

Que cê tá fazendo aí a essa hora?

— *Tirando leite.*

Revirar no feno. Lá vai a blusa e etc.

É o mesmo golpe com o mapa celeste giratório (que é apaixonante) ou o truque de contar os sonhos (que adormece) ou a visita à exposição: saiba que eu pinto nas horas vagas. *Pi-pi-pinta?* Oh coisas bem primitivas, é claro. Ultimamente, um tríptico "Caça à Lebre no Fox" acrílico sobre madeira. Entre. Sim, sim, é por aqui. Como assim, a porta é muito pequena? Cuidaaaado com a cabeça. Está tudo escuro?

Eh, é claro. Espere um pouco. Paciência e pro-gres-si-va-men-te se vê o quadro aparecer mais real que a natureza, impressão de um cinza matinal, róseo, prados alagados, etc. No início está embaçado, depois fica nítido. É essa a idéia. De repente você se diz: taí, é a primeira vez que estou vendo em cores.

É magnífico.

Fazer uma árvore lógica de todas as estratégias. Objetivo: vou conseguir. Promessa: vai ser bom.

Se isso não funcionar, farei para ela um retrato idílico de nossa vida futura (caso ela já tenha aceitado entrar em meu quarto com um pretexto que ela esperava mas que eu forneci). Dizer tudo de que se gosta de uma vez só, sem respirar. Nós, juntos na minifloresta. Aqui, nus como larvas, enfiados no limo, no canto entre dois galhos. Ninguém vai saber. Estamos em casa. *I-i-i-isso que é viiida*, dirá ela, e vamos em frente.

Você é uma pessoa de verdade. Perdoe-me. Era para poder persuadi-la.

Lamento.

— *Eu sei, não faz mal. Eu também estava fingindo.*

Eu sei. Eu também. Deixe-me primeiro agradecer por você me ter feito acreditar que era verdade.

Parabéns pela gagueira.

— *I-i-mi-mito be-bem.*

Imita incrivelmente bem.

Muito melhor que eu e todas as minhas imitações. Faz melhor. Ainda que eu tenha trabalhado seriamente todas as vozes.

— *Eu sei.*

Mas eu sei também envesgar muito bem.

— *Ah pare. Vamos nos beijar.*

Vou cantar uma musiquinha que eu fiz especialmente para você.

Sim-sim'/ Oh sim' / Oh sim' / Sim-sim'

31

— *Pull! E esse pombo aí? É para este ano ainda?*

Baixo a alça que libera a mola e propulsiona o disco de barro para o céu. M atira bem na mosca.

— *Pull! Pull!* Dois pombos no ar.

Bam-bam, dois tiros da Browning de dois canos superpostos, dois acertos, os discos explodem em migalhas, na altura do sol. *Pull!* Grita ele de novo, o rosto voltado para mim olhos fixos negros inexpressivos de tanto exigir, como uma santa monomaníaca.

— *Pull!* A mola do lança-pombos trava, libero a chave de fenda em cruzeta de dentro do estojo camuflado nas minhas luvas, e mergulho nos circuitos impressos do ball-trap, em meio aos gritos dos atiradores.

Os contatos elétricos são ligados por serpentinas de prata fundida, que parecem o mapa hidrográfico dos meus recantos favoritos.

Só que a escala não foi respeitada, se formos para a direita, a cachoeira fica mais longe, comparativamente. *Você está fazendo de propósito, é? Ele está demorando de propósito, não?* voltando-se para o convidado desconhecido que segura penosamente dois fuzis de matar porco-do-mato e espera que aquilo se acabe.

— *Ele desapareceu na máquina. Isso agora é demais. Que energúmeno, é uma loucura. O que você está fazendo aí dentro? Responda!*

Pensei, enquanto ia bem para o fundo da floresta de fios elétricos, que bastaria colocar em M um microfone de lapela, ligado a um alto-falante na cozinha, e combinar um código fácil de utilizar em qualquer circunstância. "Tempo bom hoje" significa "Mudança de serviço". "Puxa vida" significa "acabou o pão". Vantagem: supressão da campainha do chão, e do código morse, fonte de erro e principalmente de incômodo, já que não se podem dar seis batidas longas e curtas com os pés para pedir um copo d'água sem que todos percebam.

Puxa vida
Tempo bom hoje
Céu azul

Não tem mais pão / Mudança de serviço / Legumes!!!

Oh belas flores
Ha ha como é engraçado
É a época!

Lavanda! / Servir mais peixe / Erro tipo III (por exemplo, copo derrubado na toalha).

32

Sentados sob o carvalho amarelo diante da extensão impecável do prado. Escondidos sob um galho em forma de cruz. Aí está um belo e real sentimento de natureza. Eis o que direi no Dia D.

— *Como?*

A natureza, cara amiga, digo, batendo com minha varinha de castão de osso no couro esticado de minhas botas sob medida e com esporas, brincando displicentemente com a outra mão que segura a coronha bronze da minha carabina .27.

Com isso, sabe, pode-se deter um elefante de 32 t investindo contra você a 70 km por hora.

A natureza talalalalá.

Aspirando duas longas tragadas do meu panatela.

A natureza produz naturalmente um conjunto de forças opostas de onde sai a faísca que alguns tacham um tanto rapidamente de "vital".

— *Bo-bo-bonitas essas coisas vermelhas, o que são?*

Folhas secas. Todo ano, na mesma época, as folhas caem e apodrecem. O líquido resultante entra nos orifícios da terra e junta-se às raízes profundas que estocam o concentrado até o momento em que deverá empurrá-lo para cima novamente.

Sobre as folhas há sempre um grande número de restos de insetos mortos e, se olharmos mais de perto, uma miríade de animais de uma só célula. Os vegetais são carne. Senão, como apodreceriam?

Essa explicação agrada. Devo dizer que desloco as sílabas tônicas das palavras e modifico a pronúncia o bastante para provocar surpresa. Exatamente como canto Uma pel' d'castor dos alp's chei d'furos / Uma pel' d'castor dos alp's chei d'furos.

— *Como?*

Nada, estava cantando. Digo que as plantas são carne. Senão, como quer que elas apodreçam?

Ela se entusiasma.

É verdade que se você começar a olhar um pinheiro como um monte de bois mortos, ele muda.

— *Um um mmmonte de bbbbois mortos?*

É modo de dizer.

Ponho-me de joelhos para tentar mostrar a ela minha paixão.

O peixe ainda está ali e parece não se interessar por nenhuma outra coisa a não ser se manter no lugar com um mínimo de esforço das nadadeiras, fixando com um olho uma referência para controlar sua posição. 2,6 kg escorrido + 345 g de água absorvida.

Podem-se utilizar varas com linha interna com carretilha automática, linha de 16/100. A mão direita segura a vara no melhor ângulo de ataque, a mão esquerda dá linha ou a recupera conforme o relevo do leito desconhecido e a força da correnteza, a mínima vibração da linha pode significar uma mordida.

Concentração, meticulosidade, modéstia, montagem perfeita, atitude do corpo maleável e voluntária, olhos em posição polarizante para ver sob a água além dos reflexos. Braço de ferro, perna de pau. Não se mexer.

Estou só. Quando se pesca, deve-se estar sozinho.

Ela fica na minha memória.

Sempre me lembro dela. Penso nela.

Posso fazê-la voltar quando eu quiser.

O ruído repetitivo do galho que bate na água produz uma leve sonolência, geral, já que os peixes sob a água ouvem também aquele tique-taque hipnótico. Corro o risco de adormecer.

Como sempre no momento importante.

Eu deveria fazer mais esportes. Não estou correndo o bastante. É preciso correr.

Vou voltar para casa correndo.

— *Mas o que você está fazendo aí?* berro + toque de apito.

— *Quem deu permissão para você vir aqui?*

Não digo nada.

— *Mas quem deu ordem para você é incrível* vermelho-furioso *é uma loucura nunca se viu* vermelho vermelho batendo o pezinho no mesmo lugar baixinho terno preto com galões de aço *é uma reserva experimental e você você?*

Não digo nada.

Como teve uma idéia dessas? Não está vendo que é uma represa artificial? E essas máquinas aí são o quê? Pensa que está na sua casa?

Sentado ali no cimento, 42º ao sol, cabelos ao vento, terno escuro, perdido no mato, eu parecia o quê?

33

Comparando a altura dos cômodos com o tamanho da fachada na maquete, vê-se que há um espaço entre os forros e os pisos suficiente para deixar passar um homem se arrastando horizontalmente.

Introduzindo nos nós do assoalho um olho mágico tipo porta de entrada, eu poderia ter uma visão deformada mas suficientemente fiel do que acontece em cada cômodo.

Exemplo o segredo do cofre.

O caminho está livre. Levanto a tampa do meu alçapão, desloco o quadro da mulher dormindo sentada.

Segredo?

A.**M**.O. = **M**, era só pensar um pouco.

Um jogo de fotografias em preto e branco com uniforme de dignatário de? Seguido de toda uma série feita por um fotógrafo de rua: uma longa mesa de comensais de smoking. M rapaz ladeado por duas moças quase nuas. Letras em código, cartões com impressões digitais, desenhos.

Fotos anônimas.

É isso que devo fazer.

Recolho o máximo dessas últimas como previsto. Aproximo-me de um banco e de um lampadário. Substituo a lâmpada por outra muito mais potente. Tiro minha câmera miniatura, e fotografo página após página, sem precipitação, tudo vai indo bem, sou um profissional, já fiz isso dez vezes, acredito no que faço, não podem pensar que sou eu já que nem eu mesmo estou sabendo. É minha verdadeira profissão.

Estou tão treinado que cheguei a me esquecer de minha missão. Não me cubro mais com um disfarce, mas com edredon de penas de avestruz.

Não é hora para piadas.

Ganhei. Cumpri minha missão. Levei o tempo devido.

Levei tempo demais.

Mas assim ninguém vai suspeitar de mim. Fiz bem. Era exatamente o que estava previsto.

Estou condicionado a compartimentar minhas várias atividades, estou sob auto-hipnose, tudo vai bem. Gestos desligados e precisos. Corpo reto. Olho seguro. Clique impecável do diafragma em velocidade lenta. Ouvido potência máxima, nada de transpiração nem tremores.

— *Que você está fazendo aí?* diz M de roupão, .32 apontado para mim.

Olho-o com um ar ausente e baixo os olhos, ele também abaixa os olhos.

Faço-lhe um triplo *jeté-volé* em plena cara. No momento em que ele desmorona, eu o colho com um golpe de direita no esterno, ele cai de joelhos com a boca cheia de sangue, eu o apago com o atiçador de fogo da lareira que devo limpar para retirar os fragmentos de ossos e os cabelos.

Não há ruído algum, salvo as garras dos pássaros tamborilando nas calhas.

Tudo vai bem exceto por minhas mãos meio moles.

Não faço esporte o bastante.

A mão mole, a gente cansa de saber que é ridículo, quanto mais se sabe que é ridículo, menos a mão aperta o que ela deve apertar.

Fico tempo demais, levo tempo demais, não tenho mais boa mão, estou perdendo velocidade, bebi demais, não se deve beber, deve-se fazer ginástica, eu fico tempo demais aqui, alguém pode entrar.

Há alguém é certo e eu ainda tenho que fotografar três folhas.

Tenho que acelerar.

Termino o trabalho previsto, fecho o cofre, recoloco a gravura e abro a tampa que conduz à passagem.

34

O reflexo prata característico produzido pelos cristais refletores das escamas é visível apesar da infinidade de manchas-camuflagem, provavelmente por causa da incidência da luz zenital do meio-dia no verão.

Sua visão reduzida a 30º em vista binocular, apesar do curto focal de seu olho que lhe dá grande profundidade de campo, impossibilita o peixe de me ver porque estou colocado acima dele, equilibrando-me em cima de um galho.

Como as vibrações de longa freqüência dos ruídos de passos produzem movimentos no fluido e são percebidos pela linha lateral que corre até a cabeça, evito os choques na vara. Quanto às altas freqüências, se aquela família ali não tiver tímpano, como o ventrículo das carpas, tranqüilo, pode-se falar sem problemas.

Tiro do paletó a carretilha Hardy Perfect 3 1/8" que pode ter sido destronada por outras novas criações, mas continua sendo uma referência por sua robustez e pela pureza da idéia de carretilha que ela encarna.

Instalo-a na minha Loomis IM6 especial de carbono titanizado 8 pés, destaco de meu chapéu a mosca Cut-Wing Dun, realista, forma de pára-quedas, cor leite queimado.

Seguro com firmeza o cabo na nova posição "polegar para a frente" e chicoteio a quantidade de seda necessária para atravessar o espaço de céu que me separa do alvo, azul atravessado pelo traço de nuvens artificiais de um avião, e cai bem na bacia natural formada pela represa da correnteza que flui, no mesmo local e no momento exato em que alguém lança uma pedra enorme.

— *Você sabe muito bem que não pode pescar aí*, diz um sujeito magro e branco, voltando-se para um colosso bigodudo de ombros caídos, vestido com um avental preto, um boné vermelho coberto de condecorações, uma serra na mão, um machado na outra, sacudindo a cabeça para dizer *sim*.

Respondo que sempre pesquei ali, que aquela curva da água, até a árvore seca, faz parte de um único e mesmo lote que dá direito de acesso a todo o público.

— *Você sabe muito bem que não pode pescar aí.*

Atravesso a água a nado e peço-lhe que repita. Ele sorri. Tiro do bolso um pequeno punhalzinho e lhe enfio na testa.

Apanho o machado e o incrusto no ombro do outro, jogo os dois corpos na água, direção enguias.

Não era uma pedra mas um galho seco caído da árvore.

A água, percorrida por um repentino movimento, atinge os receptores em um milissegundo, prevenindo o cérebro do peixe, que ergue seu olho redondo e descobre uma esfera bem em cima dele.

Bolha de coisas deformadas, taludes imensos, mato embaçado gigantesco. Sol superexposto numa margem, nuvens precipitadas na outra, minhas calças, cano negro prolongado por uma cabeça e um fio anormal que não parece nem um pouco com os fios tecidos pelas aranhas. Adeus.

35

Retorno casa cansado como nunca.

Com todas aquelas emoções.

1. O acidente com os dois sujeitos.

2. A ausência de progresso com aquela pessoa ruiva.

3. As fotos roubadas.

Dor nas costas como se tivesse passado dias dentro de um caixão.

Se eu estivesse dentro de um caixão, mandariam a comida por um cano seguida de uma boa quantidade de água para misturar tudo no estômago. É o estômago que come sozinho. Ganho de tempo.

Mas o assistente que toma conta tem que ser de muita confiança. A quem poderia pedir isso?

A meu sucessor?

Mas ele vai querer me eliminar. É humano.

Não pedir nada a ninguém. Descansar. Tenho o direito.

Tranco-me em meu laboratório.

Revelo as fotos de M. Os negativos certamente são suficientes, mas por que não fazer melhor?

Revelação.

Não vejo que interesse têm essas fotos de família. O primo morto do amigo de X que veio aqui só uma vez. A noiva desaparecida de Y, o irmão de Z. A linda irmã de W.

Crianças sobre fundo céu, série de mergulhos.

Passarela muito longa e estreita. Pode-se deixar absorver-se pela água. Podem-se ouvir novamente todos os sons. Sei fazer isso.

— *Isso, vai, vai mergulha*, grita a mulher de listras. *Mergulha, tá uma delícia.*

— *Vai lá, deus do céu*, grita M, rosto deformado pela touca de banho.

Uma série de aulas de natação. Foto 1. Uma faixa de lona presa na plataforma com roldanas. Foto 2. Baixa-se o aluno.

Coloca-se depois uma cinta de chumbo para obrigá-lo a tentar boiar. Cada vez mais pesada para compensar seus progressos. Fotos 3 e 4.

— *Desçam-na*, diz M. Foto 5.

Dou o sinal e Georges gira a manivela. Foto 6. A menina se debate. Foto 7. Duas voltas. Ela está embaixo d'água. Foto 8. Três voltas. Vêem-se as bolhas. Ela é trazida de volta. Foto 9. Deve-se aumentar a cada vez. Georges sabe regular exatamente o tempo. É um eletrochoque ecológico. Faz bem. É ao mesmo tempo uma aula e um tratamento.

Magnífico.

Entendo por que se interessam tanto por aquilo. Mas isso não me impede de salvá-la.

4. Salvá-la.

36

Eu lhe direi: é o Dia D.

— *Não dá para ver nada nesse túnel*, cochicha ela arrastando-se.

É à direita. Não, era à esquerda. Espere. Cavei propositadamente entroncamentos sem saída com raposas mortas em cada extremidade a fim de enganar os cães. É à direita agora. Temos que voltar não é por aqui.

— *Maaaas...* — objeta.

Cale-se, pô. Não estamos tão longe. É incrível como você nunca entende o que a gente diz. Sinto seu hálito bem perto e pulsação sob sua pele.

Pegaríamos o primeiro quarto de hotel. Lençóis cinza, cobertor florido. Criados-mudos de aço.

Ducha com tapete antiderrapante. *Da-dá pra mmim a bolsinha verde!*

Ela no chuveiro e eu sentado na cama chorando silenciosamente.

— *Me dá a toalha!*

Tiraria de minha sacola a Ithaca Mag 10 de cano serrado e colocaria uma caixa de cartuchos embaixo do travesseiro.

— *Que você está fazendo?*

Espere-me. Não abra para ninguém. Se alguém forçar a porta com um machado ou com um aríete improvisado, atire sem mirar.

Já volto. Passo-lhe um par de granadas de combustão lenta entre os braços e faço um pequeno sinal amigo.

— *Pra quê?*

Que você acha?, berro, estou tirando você desse buraco. Quem te tirou desse buraco?

— *V-vvvocê.*

Pois bem siga as instruções. Pegue, para atirar coloque isso. Estendo-lhe meu colete à prova de balas. Veja, bam-bam, o tranco quebra costelas. Aqui.

— *Que você está fazendo?*

Você tem alguma coisa na barriga não? Dou tapinhas bem abaixo do umbigo.

Isso não muda nada. Algo não vai bem. Não é uma vida de verdade. Isso não é vida. Não tenho vida.

Não é minha vida.

Tome, coma isso. Tiro de minha sacola dois sanduíches de atum. Já volto.

37

Alugaremos um apartamento.

Sentado na cadeira regulável de aço diante da vidraça que dá para os córregos. Ruídos do almoço + pratos batendo + rádios sintonizados em estações diferentes sobem pelas paredes e unem as cozinhas. Tudo está em tudo. É maravilhoso. *Farei desaparecerem as más recordações.* Dois córregos gêmeos separados por um jardim unem dois prédios iguais. Cortinas laranja, sofá verde, flores amarelas.

Aqui + nunca de outra forma + nós aqui + tempo bom = ?

Ela está dormindo.

Vejo o que ela vai ver depois ao acordar. Estou adiantado.

Vou explicar isso a ela. É luminoso. Quando não se está dormindo, vê-se as coisas antes. Ouço antes dela os ruídos que lhe chegarão lentamente do outro lado de seu sonho. É extraordinário.

Ela dorme porque se entedia. Não sou muito divertido. É isso. Cheguei. De tanto preparar uma vida futura, o Dia D = zero.

Não devíamos ter ido embora. Devíamos ter ficado lá onde estávamos. Respostas antigas para perguntas novas? Ou perguntas antigas para respostas novas?

Ela não sabe de nada. Ela dorme. Você está dormindo?

Lamento o que fiz, sabe.

— *Sei.*

Eu não tinha casa. Você pensou nisso? Pensou nisso de verdade?

— *Pensei.*

Então obrigado muito obrigado. E de novo parabéns pela gagueira. Isso dá uma veracidade incrível.

— *Eu te amo imensamente.*

Eu também.

— *Eu também.*

Você é minha superirmã.

— *Obrigada.*

Mesmo assim devíamos ter ficado no lugar em que estávamos. Foi um erro querer mudar.

Ficaria de pé num tronco de árvore e lhe diria:

Oh beije-me aqui
Oh beije beije-me aqui

— *É o lugar do qual você me falou. É-é-é isso? Com todas aquelas folhas secas mal mal arrumadas. E também tem mu-mu-muita água em toda parte. Vamos nos afogar.*

É inverno, você verá no verão. No verão é magnífico. Puxa, no verão. O sol se reflete na água. Tudo fica em tudo.

Faço círculos encadeados em volta dela. Opa e opa. Saiba que eu tremo por você tremo por você. Tremo no sentido figurado. Toque aqui. Mas de verdade, não hesite.

Gosto de dividir minha alegria com você.

Corro em todas as direções para impressioná-la.

Vamos viver tranqüilos. Que vamos querer para o jantar? Um coelho. Já volto. Bam-bam. O coelho está no fogo patas dobradas sobre as brasas. Salada da casa. Aguardente de maçã. Fumo seco na mão. Rede.

— *Quero entrar a-agora.*

Mas não estou te seqüestrando. Eu poderia amarrá-la. Longe de mim essa idéia. Vai você é livre. Amarrá-la? Jamais.

— *Ama-amarrar-me?*

Jamais faria uma coisa dessas. Vou amá-la sempre, até numa cidade. Em qualquer lugar. Meu rosto é franco. Minhas palavras coincidem com a pronúncia. Não falo nem muito alto nem muito baixo. Meus olhos não piscam de modo anormal.

Estou bem regulado.

Sabe é a primeira vez que a vejo em cores. É extraordinário. É graças a você. Faço uma careta para não a preocupar. Tudo vai bem.

Por um momento não acontece nada. Como deve ser. Não insistir. Não exagerar.

Não se precisa fazer muito desta vez.

Aproximo-me lentamente continuando a falar.

Decido ficar menor. Suas pernas desdobradas prolongam um tronco de cipreste. Ao inverso dos trigais o sexo liso. Seus pêlos imensos. Os pés estirados até a cabeça pela perspectiva como os de nosso senhor na mesa de dissecação na imagem que guardei na memória.

Aquela do vitral quando vou correr.

38

Irei a um bar.

A menina do caixa grasna *Boa noite.*

Saio e entro.

Ela me viu sair e ela me diz *boa noite* automaticamente, refaço minha entrada e ela me diz *boa noite* achando que eu não ouvi.

Saio e entro de novo e digo boa noite, ela diz *boa noite* pela quarta vez pensando que eu esquecera as anteriores.

Refaço saída e entrada e repito boa noite, ela responde *boa noite* achando que eu sou louco. As cinco vezes exatamente da mesma maneira.

Apóio os cotovelos no balcão e então sinto que há alguma coisa errada.

1 m² de saladas destruídas
por uma só toupeira
é pura aritmética

Se não há mais vacas
não há mais sebes
se não há mais sebes
não há mais pássaros

Se não há mais pássaros
não há mais falcões
se não há mais falcões
há toupeiras demais

O homem que está falando volta-se e me fixa, eu que não tenho nada por que me recriminar. Ainda não disse uma única palavra a não ser boa noite. Ele me olha enquanto fala só para me preocupar. Sorrio, achando que isso vai melhorar o clima.

Erro. Ele se levanta e vem até mim.

Uma de punho fechado com a esquerda e swing com a direita com todo o peso do corpo na base do queixo. Quando ele dobra os joelhos, aplico uma esquerda no alto do fígado: hemorragia interna, etc.

Acima do balcão está afixado um peixe enorme empalhado de forma estranha, pintado cor de óleo.

Vapores de gordura da chapa de sanduíches colocada abaixo dele?

Instalação de uma coifa de aspiração, solução mais prática que a de limpar todos os dias, sabendo que o teto vai se amarelar apesar das repetidas lavagens.

Sem que se perceba.

Assim como uma enceradeira elétrica tapa as fendas do assoalho para sempre.

O barman se aproxima. Uma cerveja não muito gelada, peço. E não acrescento "como deve ser".

Vejo sua mão esquerda deslizar para um esconderijo sob o balcão que contém realmente um cano plástico cheio de chumbo derretido.

Finco minha faca tão profundamente em sua mão direita que chego a enfiar a lâmina na madeira.

Antes que ele termine de olhar a faca com o intuito de entender, salto para a frente para dar uma cabeçada na base de seu nariz. Equilibro-me num pé só, pois o outro atinge em pleno fígado o primeiro do grupo do fundo que se jogou em cima de mim enquanto isso.

O segundo recebe uma de esquerda com efeito *coupé* no fim do movimento.

Quanto ao terceiro, que estava pendurado no meu pescoço, faço-o passar por cima do ombro. Ruído seco quando sua coluna toca o cimento.

A cerveja está meio gelada infelizmente.

Aliás, a tradição da cerveja quente desapareceu. Uma receita como a sopa de cerveja desapareceu. A mesma coisa com as sopas de ostras.

Quem sabe ainda fazer uma boa sopa de ostras como antigamente?

Entra-se, toalha branca + sopeira sheffield fumegante. Hello quais as novas? Lança-se o chapéu sobre o mancebo. Impecável. Levanta-se a tampa, elas estão lá boiando só fervidas por cima do caldo. Uma colherada de farinha de rosca e em frente.

Tudo isso acabou.

Para mim tanto faz, não gosto de sopa, diz ele sem me olhar.

Entendo. Muitas vezes obrigam-se as crianças. Aquilo fica gravado como um castigo. Você não é anormal.

Essa lembrança dos traumas, prossigo com sua atenção, que aliás é apenas uma ciência recente, desenvolvida pela indústria da guerra (basta olhar o trench-coat, a energia atômica, os crematórios, as solas de borracha vulcanizada), essa lembrança explica comportamentos de rejeição que não têm nada de anormal.

Você não tem nada.

Suas duas mãos estão imóveis no balcão que bem precisaria de uma limpeza. Vou explicar a ele o método da luva que se usa para esfregar, mas ele se vira para ligar um enorme rádio acima de sua cabeça.

Uma voz que não conheço.

39

Isso pode acontecer com todo mundo
a borda meio mole

E epa
afoga-se

Tudo podre
os olhos

Debateram-se
um braço a menos
arrancado provavelmente

Pela força
da correnteza

O ser humano
não agüenta
mais que uma dose de tanto

Um lagarto
são outros critérios

A natação
é primordial
eu digo

Hoje
não se ensina mais a nadar cachorrinho

Direto num bom banho
e com vara vai lá

Como fizeram com os menires?
Mesma coisa
vamos lá

Hoje o ser humano
é menos capaz
de [ ]

Está em baixa
isso está claro

O mesmo com a natação
antes aprendia-se
a fundo

Agora é superficial
senão os dois rapazes não teriam se afogado
é lógico

Quem sabe sabe
e pronto

Os animais tinham comido
aos poucos
os olhos

+ a podridão
vá identificar depois disso

+ todos dilacerados nas rochas
e com o limo todo

É como o carvão
tudo o que se coloca nele
fica impecável

Como num cofre
nenhuma ruga

40

Eu nunca deveria ter deixado a faquinha.

Fincada na testa. Prova absoluta. Idiotice.

O senhor conhece essa faca?

Não.

Como se explica que o seu nome esteja gravado no cabo? Não sei.

Alguém deve tê-lo gravado planejando me dar de presente. Mas não teve tempo de me dar. Foi isso.

Detector de mentiras + soro da verdade = 20 anos prisão regime fechado.

Não sou espião. Nunca fui espião. Não é uma faca que vai provar isso.

Urro, de pé, segurando a parede que desmorona.

Mas nada desmorona. Não há ninguém, relaxar. Tudo bem, respire. Vai, tudo vai dar certo. Durmo mal. Estou perdendo velocidade e isso eu já disse. Não adianta querer esconder.

Deveria praticar esportes.

E se fosse ele?

O convidado desconhecido?

O coronel?

Mas é ele. E desde o início. E eu que não tinha percebido nada. É claro. Cruzei com ele no corredor, ele me olhou fixamente e logo depois me deu uma piscada.

Ele me deu uma piscada.

Era o sinal. E dizer que eu não entendi. Que profissional extraordinário.

Bem que eu desconfiava que ele devia estar fingindo desde o começo. Notável. Um artista. Idéia formidável de parecer nunca estar entendendo nada. Vou dizer a ele: parabéns pelo golpe de contar idiotices o tempo todo para dar sono nas pessoas.

Atravesso os corredores gelados o mais rápido possível com meus calçados de feltro.

Toc-toc.

— *Entre.* Ele está acordado.

— *Ah obrigado.* Apanhando o jornal que eu trouxe. Já estou com elas meu coronel.

— *Como?*

Escute, digo em voz baixa. Faço questão de dizer ao senhor, mesmo que não seja o meu papel (1º obedecer sem refletir nas finalidades, mesmo absurdas, que se acaba automaticamente por imaginar, 2º ser reservado, 3º desaparecimento em caso de fracasso no local-alvo, 4º utopia de um trabalho perfeito executado sem resistência humana), faço questão de salientar ao senhor que essas fotos não apresentam interesse algum. Documentos privados, família, férias, etc.

Nada de planta de submarino. Apenas fotos de natação, é só. Não vejo interesse.

Nenhum grande segredo por aqui.

Eles mudaram. Não há mais perigo realmente. Menos extremista. O senhor mesmo pôde constatar.

A propósito, excelente disfarce. O golpe de bancar o imbecil o tempo todo. Notável.

— *Belíssima luminosidade de setembro. Mas cuidado, frio à noite. Essa história de horário de inverno é ridícula. Tem que cobrir os cães.*

Escute, deve haver um erro. Não entendo nem um pouco o motivo desta missão. Mas enfim o principal foi feito. Não se discute. Ninguém viu nada. Mesmo que eu tenha feito coisas a mais. Mas é normal querer melhorar as coisas. E se adaptar aos costumes locais.

Em Roma faça como os romanos, eu grito mais alto para que ele me ouça.

De tanto escutar atrás das portas torna-se espião. Ou então é o contrário. O ovo antes da galinha. Eu rio. É o cúmulo.

Ele me olha estranhamente.

Continuo a achar que deve haver um erro de alvo. Devem ter confundido. Os procedimentos devem ter mudado.

A menos que haja um código. Coloque os nomes de cada um, um após o outro no sentido horário e crau aparece a palavra. S.O.C.O.R.R.O. É possível, temos que verificar. Mas há pessoal para isso nos laboratórios. Tudo está bem quando acaba bem.

Ele me olha de forma ainda mais estranha.

Pronto entendi. Está fazendo como se não soubesse de nada. É um verdadeiro profissional. Ele me faz entender que há microfones.

E eu aqui contando tudo.

— *Talvez fosse o momento de trocá-los?*

Nas flores. Tem um microfone nas flores. Não é uma má idéia. Exceto pelo fungar amplificado de alguém que se aproxime para cheirá-las.

É claro senhor. Apanho as flores e as espezinho fazendo um gesto rápido com a mão no ar para indicar que entendi. Psit.

Viu a equipe, acrescento em voz baixa, eu os estou treinando duro para o Dia D. Mentalização excelente. Terceira geração. Eles nem saberão o que estão fazendo. Mas farão. Nada mais a explicar. Nada de missão. Trabalho puro.

Ou então ele quer me dizer que fui desativado.

É isso. Acabou. É assim com todo mundo. De tanto estar do outro lado, eles supõem que você vá fatalmente trabalhar para eles. Eles o desativam sem avisar e você continua. Você fica ali ad vitam sem saber que acabou. Ronda noturna inútil. Planos para jogar fora. Material demais. Exílio voluntário. Celibato forçado. Superforma física para nada.

— *Traga-me um prato de carne fria com pepinos em conserva, por favor.*

A guerra fria, entendi senhor, digo em voz alta.

— *É isso, com pepinos em conserva. E ponha mais água quente,* mostrando a bacia onde mergulha os pés enquanto abre o jornal.

— *Ela não o desagrada a ruivinha não é?* acrescenta ele olhando-me fixamente, *perigosa, muito perigosa hein?* Dá uma piscada + sinalzinho amigo com a mão apontando *bim-bim* duas vezes com o indicador + polegar levantado, como um pequeno revólver = até logo.

Já entendi. Está bem, tenho uma nova missão.

As coisas não acabam assim. Estão contentes comigo de qualquer forma.

Tenho êxito em tudo o que empreendo. Consegui não esquecer o que devia fazer.

Fiz bem em não ter ido embora com ela.

Ela não está do nosso lado.

Está claro. Entendi tudo. Quase caí na armadilha.

Magnífico.

41

15 m à direita.

Ir pelo mato 20 m *é o momento difícil e depois da ressurreição* saltar a barreira recuperar flexível joelho upa 25 m corre vai é bom 2 m/salto *durante blitz assim* 90 m *direto ao mergulho* 110 m sol sombra sol sombra devo estar em forma para o futuro.

350 m *nos tanques negros nos tanques negros* 400 m *Pégaso e o unicórnio* upa upa no verde elástico 2 m 27/salto *há sempre um alto e um baixo* 470 m verde verde do xadrez da pista ao fundo 500 m *planeta Marte planeta Marte* 600 m sou louco como um coelho e veloz upa 800 m descer à esquerda *Ah olha que não temos mais éter Major* caminho vertical túnel verde nova vida vida de verdade *pois bem vamos fazer da mesma forma*.

Lembro-me de tudo.

Oh minha queriiiiiida Valentaine corro corro no vertical túnel verde com o estômago nos calcanhares as patas de papagaio empinado o focinho mergulhado na terra pneumática câmara de mim mais tarde 1 km *uma viradinha do parafuso uma viradinha do parafuso* vermelho de papoulas upa upa resfolegante resfolegante 2 km vermelho vermelho de papoulas verde do xadrez do acostamento do túnel profundo elástico dos prados elásticos 3 km 8.

Por um momento não acontece nada relaxar nada durante alguns minutos vai dar certo respiração respiração normal.

Os dois braços em cadência upa.

Upa mãos soltas, elástico respirar respirar estender as mãos respirar flexão upa, olhos no horizonte, upa.

Tenho minha própria língua. Coloco as palavras necessárias no sentido que ficar melhor. A-do-xadrez-mato-linha que me guia verde.

O salto meu que faço correndo.

Sei aonde vou. Gosto do que está acontecendo. Estou a serviço de mim mesmo já fazendo. Estou a meu serviço. Já que sou muitos.

Sou completo.

Quando dizer é fazer.

Estou encaixado em minha memória. Impresso na paisagem. Traço uma linha na terra correndo. Sou essa linha feita andando. Corro no meu vitral. Nos compartimentos das cores que simplificam as coisas que existem.

Pequeno sobre fundo verde.

Céu vermelho.

Braços amarelos.

Pés azuis.

Correr mais rápido vai 22 m/salto o atalho dos campos 4 km sebe saltar engulo as más recordações pata de coelho canguru dos prados upa 5 km cúmulonimbo negro corvo 6 km *volumes com brucárias uma grande família de brucárias* voa salta upa desdobramento-pernas detritos ferrugem caterpillar comprimido.

Lembro-me de tudo. Substituo todas as palavras que disse por outras mais simples. Ele iguala tudo iguala eu não igualo nada.

Uma ponte caída. Ali estou. Um peixe 654 g planta bananeira sobre sua nadadeira traseira. Nebuloso. Aqui e agora. A tela verde de todas as coisas trançadas umas nas outras ufa ufa os detalhes minúsculos verdes que juntos dão a cor verde a todas as coisas vistas 7 km corro mais rápido ufa ufa trabalho por trabalho puro 8 km *com um handicap desses é duro* 9 km *no furo da bala tem uma cenoura* 12 km três gafanhotos verdecrus atrás de um salgueiro 15 km *pull pull* um cipreste caído com três pombos pretos de ponta-cabeça cimozênite catapulta para o céu um novo contrato de uma nova vida eu sei tudo.

Na trincheira profunda no interior lá dentro de onde se vêem os pequenos [ ] trecos *sabe o que em forma de pássaro mas que não voam* em migalhas em pó *bolas de ar na terra é isso?* Os [ ] os? o sem-nome? As pequenas no-word coisas. Posso dizer assim? Vai funcionar? É válido?

† = o [ ] X ∞

Pégaso e o unicórnio somos nós 27 km *oh oh ele desapareceu dentro da máquina* na picada picada picada profunda da floresta me lembro disso meu nome é Rob filho de Rob descendente garganta-vermelha uma bolinha sem fricção o curso puro o trabalho puro. Corrida no jardim do esforço. Com vazio adiante dali onde se corre. Aspirado no vazio como Peter Pan e sua superirmã ffffffffffff. Aspirado na noite vazia. Estrela vazia. Exilado do interior.

Você é minha superirmã.

Vamos fugir.

Vou bancar o urso para você.

E mais uma vez obrigado pela gagueira.

Bem imitada.

Sebe, saltar sebe saltar *direto no rio* engulo as más recordações caterpillar comprimido dos campos *vem a água está boa rápido vem ela não está fria não* 40 km *direto no rio* sou biodegradável.

Vejo em cores dentro do buraco.

Eu em três dimensões movendo-me em câmera lenta. Meu coração afundado. Memória morta de si mesmo. Corro conheço tudo de cor estou inteiro passo no cenário é minha vez 44 km passo a curva do rio não vou deixar cair a barra *direto no rio* me transformar em árvores me transformar nas árvores me transformar numa árvore me transformar na árvore.

42

E se eu me disfarçasse?

O toque brilhante. Único para encurralá-los agora que conheço tudo até o fim.

Telefono lá de dentro discando para lá fora.

Lenço cobrindo o fone. Bom dia senhor. Coronel +++++ no aparelho, digo bem baixo, tipo Robonson, Rooobt'soon.

— *Como?*

Rooo-bu-sun, articulo apertando o nariz.

— *Desculpe, estou ouvindo muito mal.*

Sou um amigo do seu amigo Cudanderstam.

Logo em seguida.

— *Não entendi direito o nome. Desculpe.*

Cudanderstam, grasno fanhoso e rápido.

— *Ah sim. Ah sem dúvida. Ah claro. Ah muito prazer.*

Acontece que estou aqui perto uns dias por ocasião das grandes manobras. Um movimento incrível do 2º Batalhão dos Zuavos e todo o aparato, helicópteros, etc. Um jubileu para todos os nossos rapazes.

— *Formidável. Quer vir almoçar?* responde a voz longínqua.

Vai ser divertido.

— *Como? Não estou ouvindo muito bem.*

Não, não. Com prazer. Fiquei contente com a coincidência que me faz, como poderia dizer, executar essas ordens patrióticas junto de vocês.

Cumprir seu dever a um tiro de fuzil de um amigo comum.

Isso me lembra aquela frase de um ditador falando de nós, dizendo algo como "É um país de camponeses que podem eventualmente garantir algumas produções no setor da moda", e ele não estava errado, mesmo que as coisas tenham mudado.

Mas nem tanto, não é? Seria o cúmulo se as coisas tivessem realmente mudado, não é? Então vamos nos rearmar outra vez.

Aí começo a rir pelos menos por um minuto.

— *É-é verdade, confesso que (...) É verdade que hoje, pois é (...)*

Mas não vamos extrapolar, corto sua palavra. Não vamos extrapolar. Um pouco de calma, não é? Você é hipertenso, não? Sei que você "leva jeito" no plano "medicinal". Não é hora de brincar. Numa situação dessas seria terrível.

No momento em que se deve ter um olho de lince e correr com passos de lobo.

— *Como?*

A situação é terrível, muito terrível e precisamos ter nervos de aço não é?

— *É verdade, confesso (...) não se deve exagerar. Às vezes se dizem coisas assim, como poderia dizer (...)*

Teremos muito tempo para falar disso pessoalmente e em condições ideais, não é mesmo?

De acordo com o que sei você é muito muito organizado. Re-risos. A que horas?

— *À uma hora*, respondeu a voz cada vez mais longínqua.

Parece que sua filha está aí.

— *Minha filha?*

Sim, uma ruiva muito bonita. Parece que com os jardineiros ela faz mais que a Entende Cordiale, não é? Enfim é a vida no campo, não? A que horas?

— *Uma hora*, soprou a voz cada vez vez mais apagada.

Com prazer, etc. Encher as maçãs do rosto com uma goma especial. Tingir os cabelos com graxa preta. Colar um falso bigode com pêlos de camelo. Óculos trifocais + lentes de contato. Sapatos tingidos imitando camurça. Calças de montaria. Bastão de nogueira. Paletó feito de um cobertor de tweed. Camisa branca roubada.

Acordar bem cedo.

Alugar um carro veloz.

Entrar no caminho pelas grades abertas.

Acelerar fundo a 7.400 rotações/min.

Rodar nos túneis de árvores por vários quilômetros.

Perceber de repente em velocidade, numa curva, no alto de uma colina, uma enorme fachada vermelha arrepiada por chaminés sombrias. Descer novamente pelas árvores negras.

Ressurgir em plena luz.

Dupla embreagem. Derrapada leve num arco de 146º. Evitar as marcas de pneus na pista de pedregulhos-armadilha demasiado profunda.

Cortar o combustível.

Saltar por cima da porta jogando para fora primeiro as pernas, depois a cabeça escondendo os braços upa, revirar o dorso e cair com os dois pés no chão.

Este livro foi composto em Gatineau
corpo 12 por 15,3 e impresso sobre papel
pólen soft 70 g/m² nas oficinas da Bartira
Gráfica em outubro de 2000